7

Jul.

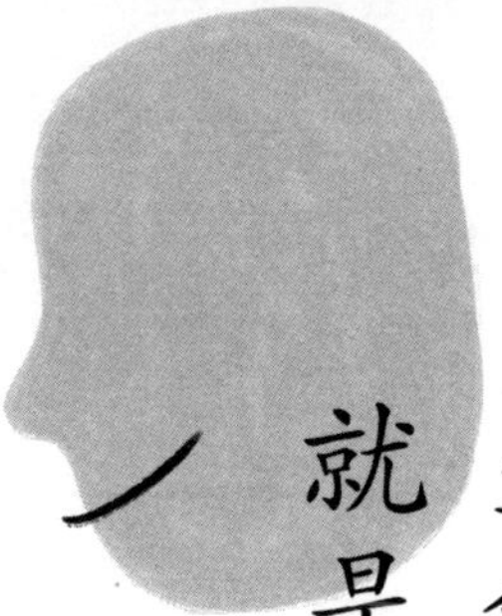

生命于我，就是笑着等待

阎连科——著

江苏凤凰文艺出版社
JIANGSU PHOENIX LITERATURE AND ART PUBLISHING

目录

辑一　回忆是对往事的微笑

辑二　努力做一个不退场的跑者

辑三　所有的来路和去处

辑四　走自己的路，过自己的生活

| 辑一 |

回忆是对往事的微笑

过年的母亲

倏忽之间，兵已当了十四个春秋，每遇了过年，就念着回家。急慌慌写一封家信，告母亲说，我要回家过年，仿佛超常的喜事。母亲这时候，便拿着那信，去找人念了，回来路上，逢人就说，连科要回来过年了，仿佛超常的喜事。接着，过年的计划全都变了，肉要多割些，馍要多蒸些，扁食的馅儿要多剁些。

做这些事情时，母亲的陈病就犯了，眼又涩又疼，各骨关节被刀碎了一样。可她脸上总是笑意充盈着，挖空儿到镇上的车站，一辆一辆望那从洛阳开来的长途客车。车很多，一辆又一辆地开来；人也很多，一涌一涌地挤下。她终于没有找到她的儿子，低着头回家，夕阳如烧红的铁板样烤压着她的后背。熟人问说哪儿去了？她说年过到头上了，却忘了买一包味精。那人又说味精不是肉，少了也就少了。母亲说，我孩娃回来过年，怎能没了味精呢。

回到家，母亲草草准备了一顿夜饭，让人吃着，身上又酸又疼，舀了饭，又将碗推下，上床早早睡了。然却一夜没有合眼，在床上翻着等那天亮。天又迟迟不亮，就索性起来，到灶房把菜刀小心地剁出一串烦乱的响音。剁着剁着，案板上就铺了光色，母亲就又往镇上车站去了，以为我是昨晚住了洛阳，今早儿会坐头班车回家……

这样接了三朝五日，真正开始忙年了。母亲要洗菜、煮肉、发面、扫房屋，请人写对联，到山坡采折柏枝，着实挖不出空来，就委派她身边邻舍的孩娃，一群着到车站等候。

待孩娃们再也感觉不到新鲜，母亲也就委派不动他们了。那车站上就冷清许多，忽然间仿佛荒野了。可就这时候，我携着孩子，领着妻子，从那一趟客车上下了来，踩着那换成了水泥的街路，激动着穿过街去，回到了家里。推开门时，母亲正围着围裙在灶房忙着，或在院落剥玉蜀穗儿喂鸡，再或趴在缝纫机上替人赶做过年的新衣。而无论忙着什么事情，那块自染的土蓝围裙总是要在腰上系着。这时候看见我、妻和孩子，便略微一怔，过来抱了她的孙子，脸上映出难得有一次的红润，说，你们外面忙，火车上人又多，回不来就不要回了，谁让你们赶着回来过年呢？明年再也不要回了！

妻不是农村的人，她一生受到的是和农村文化截然不同的教育，甚至和她同样的城里人相比，那教育也很独僻，所以与乡村的文化和习俗，她是坚决地格格不入。每次回家，打算着初六返回，初二她便焚心地急。今年过年，我独自同孩子回了，且提早写信，明确日期：腊月三十回家，午时到洛阳，下午晌半到镇上。一切都准时得少见。长途客车颠到镇上时，我问孩子：

“见了奶奶你怎么办？”

“让奶奶抱着。”

“说啥？”

“说奶奶好，我想你。”

“还说啥？”

“说妈妈上班回不来，妈妈让我问奶奶好。”

“还怎样？”

“过年不要奶奶的压岁钱。”

这就到了镇上。镇上依如往年，路两边摆有烟酒摊、水果摊、花炮摊。商店的门依然地开着，仿佛十四年未曾关过。时候已贴近了大年，采买的人都已买过，卖主们也只等那忘买了什么的粗心人突然光顾。街上是一种年前的冷清，想必大人们忙着，孩娃也在家忙着。我拉着孩子下了汽车，四顾着找寻，除了夕阳的光照，便是摊贩收货回家的从容，还有麻雀在路口树上孤独的啁啾。

没有找到我的母亲。

孩子说："你不是说奶奶在车站接我吗？"

我说："奶奶接厌了，不来啦。"

我牵着孩子的小手，背着行李从街上穿过。行李沉极，全是过年的客品：酒、烟、水果糖、糕点、麦乳精、罐头和孩子穿小了或款式过时了却照样新着能穿的小衣。我期望能碰到一位熟人，替我背上一程，可一直到家，未曾见了哪个村人。推开家门的时候，母亲正围着那块围裙，在房檐下搅着面糊。孩子如期地高唤了一声"奶奶"，母亲的手僵了一下，抬起头来，欲笑时却又正色，问，就你和孩子回来了？我说孩子他妈厂里不放假。母亲脸上就要润出的喜红不见了，她慢慢走下台阶，我以为她要抱孩子，可她只过来摸摸孩子的头，说长高了，奶奶老了，抱不动了。

到这时，我果真发现母亲老了，白发参半了。孩子也真的长高了，已经到了他奶奶的腰。我很受惊吓，仿佛母亲的衰老和孩子的长成都是母亲语后突然间的事。跟着母亲，默默地走进上房，七步八步的路，也使我突然明白，我已经走完了三十三年的人生。

我说母亲："你怎的也不去车站接我们？"

母亲说："知道你们哪天哪一阵到家，我就可以在家给你们按时烧饭了，不用接了。"

说话时，母亲用身子挨着她的孙子，把面糊在他的头上搅得很快。她问：

"在家住几天？"

我说："过完正月十五。"

她说："半个月？"

我说："十六天。"

"当兵十多年，你还从没在家住够过这么长时间哩。"母亲这样说着，就往灶房去了，小小一阵后，端来了两碗鸡蛋面汤，让我和孩子吃着，自己去擀叶儿包了扁食。接下，就是帮母亲贴对联、插柏枝、放鞭炮……

鞭炮的鸣炸，宣告说大年正式开始了。

夜里，我抱着睡熟的孩子陪母亲熬年，母亲说了许多村中的事情，说谁谁家的女儿出嫁了，家里给陪嫁了一个电视机；说谁谁家的孩娃考上大学了，家里供养不起，就不上了。最后就说我的那个姑死时病得多么地重，村里哪个人刚四十就得了癌症。话到这儿时，母亲看了一眼桌上摆的父亲的遗像。我便说娘，你独自在家寂寞，不妨同别人一道，上山找找神，庙里烧烧香，不说花钱，来回跑跑身体会好些。

母亲说："我都试过，那些全是假的，信不进去。"

再就不说了，夜也深了进去，森森地黑着，便都静静地睡下。来日，我绝早起床，放了初一鞭，先将下好的饺子端给神位，又将另一碗端到娘的床前。娘吃后又睡，直睡到太阳走上窗面，才起来说天真好啊，过了个好年。初一这天，母亲依旧很忙，出出进进，不断把我带回的东西送给邻舍，回来时又不断用衣襟包一兜邻舍的东西，如花生、核桃、柿饼。趁母亲不在时，我看了母亲的过年准备，比任何一年都显丰盛，馍满着了两箱，油货堆了五盆，走亲戚的礼肉，一条条挂在半空，共七条。我有四个姑、三个舅，我算了，马不歇蹄走完这些亲戚，需我五天至六天。可在我夜间领着孩子去村里看了几个老人后，回来时母亲已把我的提包掏空又装满了。

她说："你明天领着孩子走吧。"

我说："走？我请了半月假啊。"

母亲说，你走吧，过完初一就过完了年，你媳妇在外，你领着孩娃回来，这是不通道理的。你、孩娃和孩娃妈，你们才是真正的一家人，过年咋样也不能分开的！

我说："过完十五再走。"

母亲说："你要不是孝了，你就过完十五走。"

一夜无话。来日，母亲果真起床烧了早饭，叫醒我和孩子吃了，就提着行李将我们送往镇上了。这个年，是我三十三次过年，在家过得最短的一次，前计后算，也才满了一天，且走时，母亲交代，说明年别再回了，外面过年比家里热闹。

命定的事

——《往事》之一

总以为，我和妻子的婚姻是命定的事。

争吵是命定的事。妥协、相安和扶生，也都是命定的事。哈金的名作《等待》的开篇是：

> 每年夏天，孔林都回到鹅庄同妻子淑玉离婚。他们一起跑了好多趟吴家镇的法院，但是当法官问淑玉是否愿意离婚时，她总是在最后关头改了主意。年复一年，他们到吴家镇

去离婚，每次都拿着同一张结婚证回来。那是二十年前县结婚登记处发给他们的结婚证。

这开篇的一段，让几乎所有的美国读者，都感到愕然与惊颤，其不可思议的境况，如同和睦家庭的堂屋里，会定时刮起田野的龙卷风。读者几乎人人以为，这是天下小说最好的开头，犹如他们在烦闷的夏天准备远行时，一出门就遇上了神秘凉爽的客车。而在中国的一边，人们对这样一个段落，并不会有美国人的意外和愕然。因为，这就是中国人的生活。是我们说的，命定的事。哈金的了得，正是他深深地谙明着作家该怎样向生活与人的命运最深沉地鞠躬。而于我言，在十几年前读到这个开篇的段落时，独自在屋里没有骇人的颤感，也没有不以为然的凡庸，只是不知为何会放下书来，独自在屋里久久地沉默和呆怔。独自望着窗外的大千世界，仿佛被哈金的灸针，缓缓捻捻地刺中了某个被人忽略的命穴。有一种为《等待》中的孔林和淑玉夫妻盈泪的慢痛，在心里潺潺地浸流，不止不息，纠纠绕绕，并对那忽然到来的沉默，甘愿沉溺其中，又想要浮游上来，正如一个人钻进水里憋气时，那永恒一瞬的犹豫和坚持。

我和妻子在上世纪的一九八四年结婚。结婚时二十六岁。因为从小渴望对土地的逃离，乃至于想要在城里成家立业，会成为一代、几代人的梦想，一如《红与黑》中于连的渴望和奋斗。对于“吃商品粮”

和“市民户口”的理解，是如行乞者想象天堂的模样。这就是我人生的开端。是写作之初想要达到的目的。乃至自己发了一些作品，成了一名军官之后，以为有了找个城里对象的本钱时，却在短短的两年里，被五六个城里姑娘嗤之以鼻后断然拒绝，甚至连“婉拒”那样的安慰都没有收获得到。于是，一种自作的绝望，化为于连式沉默的痛苦，是日日都在我青春的饭里蒸煮和煎熬。没有对城市和城里人的仇恨与愤懑，反而更加努力地追求和向往。也就这个时候，一九八三年的岁末，我的妻子以对象的名誉，被朋友介绍到了我的眼前。她不仅是个城里人（开封人），而且比我以前所有相亲的姑娘，都更为漂亮和娴静，也更为犹豫、默认我们之间的往来和可能。这中间，是犹豫大于默认，还是默认大于犹豫，我一生都没有弄得明白。怕她的一生，也都没有去回忆分辨过往的事情。总之，我们都在犹豫和交往之中。在她，我不知她犹豫什么和默认我的什么；而在我，犹豫是因为她的父母——我的岳父母，明确地提出一个条件：他们家有三个儿子，只有这一个女儿，待我从部队转业之后，一定要留在他们开封，而不能把他们的女儿带回到洛阳或我老家的山区。

然而，我虽然自幼想要逃往城市，但真正渴望落根的地方，却是十几岁都已赌选的豫西洛阳——那个离我老家六十公里的古都老城，而不是“背井离乡”的遥远的豫东开封。就这么，犹豫着，默认着。默认着，也犹豫着。彼此迟疑在人生的路上，如一股有来向、无去向的风，盘旋在人生鬼打墙的路口。也就这个时候，一九八四年的一天里，我哥哥突然朝我所在的河南商丘的军营，打去了一个长途电话，说几天前父亲再次病重，把哥哥叫回到他的床前，对哥哥说，他预感着多年不愈的哮喘，会让他难度这年冬天的冷寒，说他一生辛劳努力，四个子女中有三个都已婚姻成家，只有老小连科，还未结婚。

说，他倘是能看着连科结婚，就是冬天果真离去，心里也会踏实许多。

哥哥在电话的那头，我在电话的这头，相距几百公里。说完后彼此在电话中沉默不语。而我，却是能听到哥哥在那头伤悲而无奈的喘息。大约，哥哥在豫西嵩县邮电局的某间电话房里，也是可以听到他的弟弟在遥远豫东的营房中沉默的无奈。于是，待沉默久了，到沉默将要炸开的时候，哥哥缓解着说了一句：

“看看吧，去和人家商量一下，有可能了就结婚——为了父亲，而且你的年龄，也那么大了。”

然后，哥哥放下了电话。

我在这头儿，河南商丘的33636部队的一间办公室里，听到哥哥放下电话的声音，像一个农人无力地把他耕用一天的锄头，顿放在了收工回家的田野。看着我握在手里耳机音口上挂着我的哈气的汗粒，看着夏天窗外营院的落叶，当我放下电话从那间机关办公房里走出来时，感到有一种宿命的压力，一种来自命运安排的力量，正朝我围将过来，觉得自己不迎将上去，定会铸成终生的大错。那时，军营里有了下班的号声，去食堂集合吃饭的哨音，正连续地吹响在我的头顶。

而我，没有去集合吃饭。

没有去宿舍取什么和准备什么，只是抬头看了看浩瀚的天空，看看被红砖围墙堵着的豫东平原，取出口袋牛皮纸叠的一个钱包，点数了里边的钱数，就转身朝营房外面去了。

朝火车站的方向去了。

我要结婚。

我要去开封古都，告诉我那在默认和犹豫间的对象说，请你和我结婚。我年内必须结婚！这是命运的安排，是我父亲的生命给我命定的事情。甚至我想说，现在结婚，我们就是人世间和其他人一样的一对夫妻，如果你不应不结，我们就将各奔东西，只是路人在途中的一次相遇。那时，我没有想到啥自私，没有想到我的决断是否对她有一种威胁，只是怀着命运的使命，果决地朝那个老旧的商丘火车站里急急地奔着。从军营里出来，也就赶上了公共汽车；从公共汽车上下来，也就赶上了一点多的火车。从商丘到开封，那时火车的路程时间，是将近四个小时。火车自然是现在完全消失的绿皮火车，车座是被人坐得油光结实的木条凳。我是站票，就在那火车上站了几个小时。记不得火车驶过河南东部旷野沙地时我想了什么，也记不得经过因为有着焦裕禄在那儿的出现而著名的兰考县馒头般的沙丘地带时，对饥饿、贫穷和逃离与奋斗的感受。虽然那时我已读过许多的名著，对《红与黑》中于连印象的深刻，如同在农村老家割麦时，镰刀留在身心上的疤痕。但还是觉得，于连的命运，远远地好于自己。而自己，也永远不会成为那个成功过的于连。因为，那个遥不可及的巴黎，简直是我永生无法抵达的圣地；那里的繁华与贵族人的生活，也是我们无法想象和触摸的高高挂在天空中的金丝绒的窗帘。而我，和我一样通过各种途径，从农村奔往城市的一代一代的人们，只是想要逃离土地，想要自己有个城市的户口和一间城里的房屋。而在内心的深处，并不去渴望那种巴黎式的生活。所以，并没有想到自己的血液中，原来是有着于连的脉动，有着于连对人生与命运的谙解。也就那么到了开封。到了在落日中安静在熙攘间的被《水浒传》描写过的宋都大相国寺边的胡同口，依时依点的，等着对象的下班，等着她骑车回来时我的摊牌和请求。

那条胡同我至今记忆犹新。它如同我命运中总在跳动的一根神经，狭窄、曲长，地上是不知何年何月铺就碎裂的砖地。胡同两侧老平房的院墙屋壁，全都砖粉泥落，涂着的白灰，显出岁月的灰黑。斜立在墙边的几根水泥电线杆上，东来西去的电线，把胡同的上空，切割为一块一块的蓝色，很像春天飘浮在头顶上的田野。我就在那儿等她。也就如期地等到了她的到来。她骑着一辆半旧的自行车，从车水马龙的鼓楼大街，拐进了这条宁静沉闷的胡同。

看见我时，她在车上怔了一下。

刹车。下来。说了两句很平常的问话：

“你又出差？”

“收到我给你写的信没？”

我没有回答她的问话。我按我早已想好的计划，就在那胡同的口上，离她两步远近，说了我父亲的病情。说了我想结婚。说了为了父亲我必须结婚的想法和安排。那时她就站在我的对面，我们中间隔着她那辆可行可止的自行车，看不出她脸上有什么惊讶、不安、愉快或者不愉快。她在开封的电瓶车厂上班，是那厂里的车工。身上制服式样的工装，那种灰蓝的颜色，是可以和黄昏、蓝天融在一起、混为一谈而不分彼此的大同。就那么站了一会儿。就那么闷着想了一会儿，她对我自然而得体地说道：

“我得回去跟我爸妈商量商量。”

也就走了。

她推着自行车离开我时，脚步很慢，一直那么推着，再也没有骑上。我在后边盯着她高挑的背影，待她走出十几步时，又追着大声唤道：“我就在这儿等你回话啊！”我不知道那大声的唤叫，是不是一种逼婚。但我知道，我的唤声给她传递了非此即彼、不合便分的清晰的信息。她听到了我的唤话，扭头看了看我，没有点头，也没有说啥，就又那么慢慢走了。像走在一段钢丝的绳上，一样缓慢、一样谨小，一样地在平衡思量着她的一生。

那天的中饭和晚饭，我是合在一起在那叫吹鼓台街的胡同口吃的，是一碗我爱吃的烩面。从买票、排队，到端上一海碗烩面坐在路边的窗口，大约用了三十分钟。然就在这三十分钟之后，她从她家走了出来，在那小馆门前找到了我，默站一会儿，涨红着脸说，她爸妈同意我们结婚，并说如果我父亲真的不在了，就把我母亲接到城里一块儿来住，也好对老人有个照顾。说完，并不等我说句啥，她看看左右，就又慢慢地转身走了。好像我在这胡同口“逼婚”的等待，会惹出什么事端一样。再或，是她出来告诉我这个可以结婚的消息，是偷着出来为了安慰我说的假话一样。总之，在那小馆的路边，她慢慢地说了，又急急地走了。可在她走了之后，我再次望着那条胡同，再次望着她的背影时，对她和我人生的感激，忽然觉得如不像《罪与罚》中的拉斯柯尔尼科夫一样，“跪在广场（城市）的中央，在地上磕头，怀着快乐和幸福的心情去吻那肮脏（城市）的土地”，我将无法说明我对她的感激和对命运的感谢。

她走后，我的泪水哗哗地流了下来。

就那年，一九八四年的十月，我们结婚了。

就在那年的冬天，我父亲在我们结婚后不久，到底如他预感的一样，痛苦地离开了我们。

一个没有母校的人

我是一个没有母校的人，如同一页脱落的书纸。真正的学历是高中肄业，这也宛若我们发现拦在路上的那条荒狗，原来却是一只无家的猫咪。

在那个被称为“嵩县四中”的地方，比邻着宋时大理学家程颢、程颐的旧居。“问渠那得清如许，为有源头活水来”——朱熹名句中的这个叫“源头”的村落，就在嵩县四中的边旁。僻壤里的荒凉，八百年的时光。而我四十年前的脚步，就走在这时间穷乡的古今上。更行昏返，时日匆匆，走读了一年，也就外出打工去了。后来当兵、写作、提干，填写各种表格登记时，都会谨慎地填写道：学历大专，毕业于河南大学政教系和解放军艺术学院文学系。其实，在河南大学所谓的堂堂学历，是半买半捡的函授教育，自费两千多元。在上世纪九十年代的中期，立身军营，保家卫国，糊弄了两年之后，就有了盖着钢印的凭证。然后呢，毕业时欢天喜地，从河南的商丘，驱车赶往河南的开封，辨认了河南大学大门的方向，是坐北向南，而不是坐西向东。在北京解放军艺术学院就读的两年，倒是实在的脱岗住校，可那时，除了每天躲在宿舍疯写小说外，是能逃课的必逃课，不能逃的课，也处心积虑地要逃课。所以这两侧，一侧是连自己都不敢妄言自己是河南大学毕业的学生了，更不要说厚着脸皮去那所河南的名校参加什么返校活动去。另一侧，那被简称为“军艺”的解放军艺术学院，回想起自己是当年逃课最多的人，毕业后没有给学校争过半点光，倒是帮其丢了不少脸，所以学校有与文学相关的活动时，人家不通知我去会尴尬，而通知了，我去了，便会更尴尬，于是也就自觉远疏，两相都好，直到自己渐渐地从心里把自己开除出那所学校去。

如此着，就终于成了一个完全没有母校的人。

读小学时的那座乡村老庙，早就被岁月吞噬得片瓦不在，甚至连老庙墙下的野草，都已长成树木，成了谁家屋房的梁栋。而在“二程故里”旁边的四中，也被时代的大脚踢得房倒屋塌，先是成为改革开放中的工厂，后又成为改革开放中的墟废。几年之前，回家路过那儿时，顺脚走望，除了一片的凉荒和草植，所有关于学校的福音与念记，就是旱娃、蚂蚱和雀子们在那儿的鸣叫和欢迎。

在最近，又听说北京魏公村的军艺也因军队将整编，要从编制序列中成为记忆的文字而不是学校的坐落了。而河南大学倒还旺兴发达着，可那所学校是真的和我除了有过两千五百元习购文凭的关系外，其余再也找不到丝毫的瓜葛和连缀。

没母校，并不觉得是什么忧伤和缺憾。不觉得多了什么或少了什么的样，倒觉得为产生这种没有母校的麻木感到惊异和自责，就像一个人听说母亲病了“哦”一下，随口又问了一句“病了吗”。想起加谬《局外人》中那最经典的开头言：“今天，妈妈死了。也许是昨天，我不知道。”怎么就会漠然到这一步，怎么就会对己、对人冷寒到这一步？将疏远当作存在，将旁观作为智慧，宛若一个病人嘲笑有他床位的医院，一个农人嘲笑扎着他的农具的土地，一只青蛙用仰头的鸣叫，去咒骂黄鹂、鹰鹏从它头顶的飞越。也如同医院并不过问病人为什么要骂它，田野并不关心农夫对它的跺脚、诅咒和摔打，而黄鹂和鹰鹏，高歌而去，对青蛙的咒语就像云从来听不见风的喃言样。

我知道我病了。

得的是一种如厌食症样的“厌世症”，所以才不会在意母校有没有、在不在。这也如同今天乡愁成了功名人士的时尚般，而自己，是从来不去念忖乡愁的人。老家里有土地、有房屋、有亲人，想了就回去，不想了就猫在那儿看人、发呆、吸霾天，既不议论乡愁去，也不议论议论乡愁的人，如同世界和我没有关系样。冷的血、寒的脉，少言寡语为座右铭。就这么一年又一年，一天又一天。所以在学校有人唤我“老师”时，几乎、几乎不应声，只是扭头用目光问着对方“有什么事？”。如果有人叫我“阎教授”，我则会视为是暗含讥意的嘲弄和热讽，要用很长时间去辨析他出口的称谓里，有多少真诚和实在。

一个没有母校的人，哪配是被称为老师的人，更别说什么“教授”了。所以说，有学校授予自己“荣誉博士”时，既受宠若惊，又窃窃暗喜，会当众大声问：“——这么着，这所大学能算作我的母校吗？”笑声、掌声、呼唤声。可这笑声、掌声和呼唤声里，谁能体味那问话不全是儿戏甚或全都不是儿戏呢？

为了新写的长篇，我几乎每天都早睡早起，一定保障在上午八点之前就坐在书桌前。可昨夜，睡得甚早，却一夜长梦。梦见自己有幸在某大学里读书，学校富丽，建筑古典，又临海近城。为了不离开那所学校，读本科时我故意一两门考试不及格、不毕业，这样就能在学校多读了一年书。读研时，又故意写完论文不上交，对老师声称写不出，于是就又推迟毕业了两三年。后来又赖赖叽叽、哼哼哈哈，求爷告奶地混在那所学校读博士，学制是五年，也许是六年，自己就在那五六年里如鱼得水，拖拖拉拉，不思进取，饿了就去学校不用洗锅、做饭的食堂去；寂寞了，就到学校的咖啡馆或者图书馆，找人叽叽喳喳聊闲天、混日子，这样就八年、十年地不毕业，日日年年地走在学校的路上、食堂、宿舍和图书馆，以及最便宜的小吃店，懒懒洋洋，自自在在，就把一生的命运极度美满地填塞混将过去了。天堂一般的人生丰润圆满了。

然后呢，天亮了。

然后呢，就醒了。就搁下写到高潮处的新长篇，慌慌乱乱记写了这篇《一个没有母校的人》。

父亲的树

记得的，有段年月的一九七八年，是这个时代中印记最深的，如同冬后的春来乍到时，万物恍恍惚惚苏醒了，人世的天空也蓝得唐突和猛烈，让人以为天蓝是染杂了一些假——忽然地，农民分地了。政府又都把地分还给了农民们，宛同把固若金汤的城墙砸碎替农民作制成了吃饭的碗，让人不敢相信着。让人以为这是政策翻烧饼、做游戏中新一次的躲猫猫和捉迷藏。农民们也就一边站在田头灿烂地笑；另一边，有人就把分到自家田地中的树木都给砍掉了。

田是我的了，物随地走，那树自然也该是我家的财产和私有。于是间，就都砍，大的和小的，泡桐或杨树。先把树伐掉，抬到家里去，有一天政策变了脸，又把田地收回到政府的册账和手里，至少家里还留有一棵、几棵树。这样儿，人心学习，相互比攀，几天间，田野里、山坡上的那些稍大的可檩可梁的树木就都不在了。

我家的地是分在村外路边的一块平壤间，和别家田头都有树一样，也有一棵越过碗粗的箭杨树，笔直着，在春天，杨叶的掌声哗脆脆地响。当别家田头的树都只有溜地的白茬树桩时，那棵杨树还孤零零地立着，像一个单位广场上的旗杆样。为砍不砍那棵树，一家人是有过争论的。父亲也是有过思忖的。他曾经用手和目光几次去拃量树的粗细和身高，知道把树伐下来，盖房做檩是绝好的材料和支持，就是把它卖了去，也可以卖上几十近百元。

几十近百元，是那年代里很壮的一笔钱。

可最终，父亲没有砍那树。

邻居说："不砍呀？"

父亲在田头笑着回人家："让它再长长。"

路人说："不砍呀？"

父亲说："它还没真正长成呢。"

就没砍。就让那原是路边田头长长一排中的一棵箭杨树，孤傲挺拔地竖在路边上、田野间，仿佛是竖着的乡村人心的一杆旗。小盆一样粗，两丈多高，有许多"杨眼"妩媚明快地闪在树身上，望着这世界，读着世界的变幻和人心。然在三年后，乡村的土地政策果不其然变化了。各家与各家的土地需要调整和更换，还有一部分政府要重新收回去，分给那些新出生的孩子。于是间，我家的地就冷猛是了别家田地了，那棵已经远比盆粗的杨树也成了人家的树。

成了人家的地，也成了人家的树。可在成了人家后的第三天，父亲、母亲和二姐从那田头上过，忽然发现那远比盆粗的树已经不在了，路边只还有紧随地面白着的树桩。树桩的白，如在云黑的天空下白着的一片雪。一家人立在那树桩边，仿佛忽然立在了悬崖旁，面面相觑着，不知二姐和母亲说了啥，懊悔、抱怨了父亲一些什么话。父亲没接话，只看了一会儿那树桩，就领着母亲、二姐朝远处我家新分的田地去了。

到后来，父亲离开人世后，我念念想到他人生中的许多事，也总是念念想起那棵属于父亲的树。再后来，父亲入土为安了，他的坟头因为幡枝生成，又长起了一棵树。不是箭杨树，而是一棵并不成材的弯柳树。柳树由芽到枝，由胳膊的粗细，到了碗状粗。山坡地，不似平壤的土肥与水足，那棵柳树竟也能在岁月中坚韧地长，卓绝地与风雨相处和厮守。天旱了，它把柳叶卷起来；天涝了，它把满树的枝叶蓬成伞。在酷夏，烈日如火时，那树罩着父亲的坟，也凉爽着我们一家人的心。

至今乡村的人多还有迷信，以为幡枝发芽长成材，皆是很好很好的一桩事。那是因为人生在世有许多厚德，上天和大地才让你的荒野坟前长起一棵树，寂时伴你说话和私语，闹时你可躲在树下寻出一片儿寂。以此说，那坟前的柳树也正是父亲生前做人的延续和回报。也正是上天和大地对人生因果的理解写照和诠释。我为父亲坟头有那棵树感到安慰和自足。每年上坟时，哥哥、姐姐也都会把那弯树修整一下枝，让它虽然弯，但却一样可以在山野荒寂中，把枝叶升旗一样扬起来。虽然寂，却更能寂出乡村的因果道理来。就这么，过了二十几年，那树竟然原来弓弯的腰身也被天空和生长拉得直起来，竟然也有一丈多的高，和二十多年前我家田头的杨树一样粗，完全可以成材使用对人支持了。

我家祖坟上有许多树，而属于父亲的那一棵，却是最大、最粗的。这大约一是因为父亲下世早，那树生长的年头多；二是因为乡村伦理中的人行与德品，原是可以在因果中对坟地和树木给予给养的。我相信了这一点。我敬仰那属于父亲的树。可是今年正月十五间，我八十岁的三叔下世时，我们一片雪白地把他送往坟地时，忽然看见父亲坟前的树没了。被人砍去了。树桩呈着岁月的灰黑色，显出无尽的沉默和蔑视。再看别的坟头的树，大的和小的，也都一律不在了，被人伐光了。再看远处、更远处别家坟地的树，原来都是一片林似的密和绿，现在也都荡荡无存、光光秃秃了。

想到今天乡村世界的繁华和闹乱；想到今天各村村头都有昼夜不息的电锯轰鸣声，与公路边上的几家木材加工厂和木器制造厂的经营和发达；想到那每天都往城市输运的大车小车的三合板、五合板和胶合板；想到路边一年四季都赫然竖着的大量收购各样木材的文明华丽的广告牌；想到我几年前回家就看到村头路边早已没了树木的荡荡洁净和富有，也就豁然明白了父亲和他人坟头被人砍树的原委和因果，也就只有了沉默和沉默，无言和无言。

只是默默念念地想，时代与人心从田头伐起，最终就砍到了坟头上。

只是想，父亲终于在生前死后都没了他的树，和人心中最终没了旗一样。

只是想，父亲坟前的老桩在春醒之后一定会有新芽的，但不知那芽儿时才可长成树；成了树又有几年可以安稳无碍地竖在坟头和田野上。

大姐

大姐是老师。

大姐已经人到中年。陪伴大姐走着人生，进入中年的有两样东西：病和教书。病是大姐人生之路上最常见也最难逾越的深渊，教书是大姐人生之路上最不可缺欠的拐杖。教书在大姐，占了她生命很大一块黄土薄地，已有二十三年的历史；而病从十三四岁就已开始，似乎她流过的生命之河里，总有一股被疾病污浊的浑流。

我童年最强烈的印记之一，就是大姐在病床上不绝于耳的疼痛的哭声，腰疼、腿疼，以至全身的疼痛。大姐躺在光线黑暗的屋里，一家人愁在一墙之隔的正间，大姐每一声穿透墙壁的尖叫，都深刻地刺在父母的脸上，使父母亲那本来瘦削缺血的脸，更显出几分云色的苍白。什么病，跑遍了乡间的医院，求遍了乡间的良医，也无从知晓。那时候，抬着病人去一百里外的洛阳治病，是乡村很大一件事情，而在我家，却已是三番五次。不记得我十几岁以前，上房的窗台上，有什么时候断过中药的药渣。每次放学走进院落，我第一眼要看的，就是看窗台上有没有新倒的药渣。好在那泥土的窗台，从没使我失望过，因为有新的药渣，就肯定有几颗做药引熬过的红枣。

父母的家教很严，但不知为什么没教育出我叫哥唤姐的习惯。有次我又去窗台上捡吃熬过的红枣，大姐便抓了几个枣子给我，母亲见了，说，让他唤声大姐才给他，大姐便把那枣子擎在空中不动。我僵持半天，终于没叫出那声大姐。大姐眼角便有了泪水，把红枣塞在我手里说：我也不配做姐，人家的大姐最少能给弟做一双鞋穿，我却有病，拖瘦了家里的日子。从那一刻起，我下决心再不唤大姐的名字，一定叫她大姐。可时光流逝了十余年，我却终于没唤出她一声大姐。

大姐的病见好转，是在我十余岁以后。如今只记得在大姐的苦疼声中，父亲和他的朋友闷了半晌，来日便抬上大姐，先乘汽车，后搭火车，朝着遥远的省会郑州奔去了。其间，不断从郑州捎回要钱的口信，我便帮着家人先卖粮食，后卖树木，最后卖了奶奶的棺材板。几个月后的一天中午，阳光爽爽朗朗洒了一地。我从学校回家，突然看见大姐端端地坐在阳光里，人虽瘦得如一把柴草，脸上却漾荡着甜润润的喜色。她拿一把小糖给我，母亲在一边说，快叫大姐，你大姐的病好了。

我仍是没能叫出那声大姐。然接那糖时，母亲过来厉声说，日后你大姐要教书了，是老师了，你再唤她的名儿，我就不让你吃饭。听说大姐要做老师，尽管是民办，尽管是教小学一二年级，仍使我浑身生满惊愕和敬意，并怀上了对大姐深深的内疚。我没有料到，我还没有学会唤姐她却又成了老师。我知道我没有力量支配我的笨嘴叫姐，更没有能力叫她一声老师。于是，我就常常地躲着大姐，期望和她有更少的说话机会。

学校是在镇外的一个苹果园里，离我家二里左右。从此，我就朝朝暮暮地看着。刚丢下饭碗，学生都还在路上，她已经早早地到校，立在教室的门口，翻看她要讲的课文或讲义；放学时候，学生都已到家端了饭碗，大姐才拿着课本或夹着学生的作业，摇着她虚弱的身子，蹒跚在镇外的小路上。大姐走路时，时常拿手扶着那做了四个小时手术的腰，就像扶一截将要倒下的枯树。我总担心，她的手离开时，她会倒下的，可她却是硬硬地挺着，给家里支撑出了几年平静的日子。在那段日子里，她除了往腰上贴膏药外，很少说到“疼”字。父母千方百计地让她教书，也只是为了她有一份轻些的活计，料不到到了年底，她竟回来说，期终考试，她班里的学生在全校平均分数最高。母亲说，你别累犯了腰病；她说也不能误了人家孩子的前程。母亲说，你有病，讲课累了可以坐着讲；她说当老师的坐着，那在学生们面前像什么样子。母亲说总有一天你会累病的；她说不会的，我的病好了，除了刮风下雨，没啥儿感觉。

然而，不幸的是被母亲言中了。几年后，她在一次辅导学生升级考试时，昏倒在了讲台上。抬至医院，才发现她的腰上、肩上、肘上、手腕、膝盖，几乎身上所有的骨关节，都贴有黑白膏药，花花一片，如雨前浓浓淡淡的云。望着那白云黑云似的膏药，我立在病床前，心里翻动着滚烫的热意，如同缓缓流动了一河夏天的水。这时候，大姐醒了，动了动嘴唇，吃力地睁开了眼，望着床边的水瓶。

我说："大姐，你喝水吧？"

大姐忽然扭过头来，眼角噙了泪水，拉住我的手问："你叫我姐了吗？"我盯着大姐瘦脸上泛出的浅红，朝她点了点头，大姐的嘴角便有了很淡、很苍黄的笑……

从那时算起，已经过去了二十年的光阴，我已经和那时的我大不相同，离家当兵，入党提干，成家立业，学写小说也到了无论自己多么羞愧，别人也依然要称你"作家"的田地，连叫大姐都已习惯到不叫反而很难启口。然大姐除了年龄的变化，脸上布满了人生的艰辛外，再没什么异样了，依旧是终日拿着一二年级的课本，或夹着学生的作业，在通往小学的路上摇着她虚弱的身子。到了期末，回来对母亲很平淡地说句，她班上的学生，考试时平均分数最高或升级率最高什么的。再有变化的，就是大姐依旧扶着贴了膏药的腰身，走过的那条路的路边，杂草随着她蹒跚的脚步，二十余载地枯枯荣荣了。

那个走进洛阳的少年

少年时，洛阳于我，不是一座城市，它是我内心的首都；中年后，北京于我，则不是首都，而是一座庞大无边的城市。

第一次走入洛阳，是在我十二三岁的少年期间。那时候，终日玩耍在被改作学校的村头庙院，教室的墙壁和房梁上都是描绘的鬼神故事；上学、放学的路上，赤着脚，弹着彩色的玻璃球儿，也在嘴里念念有词地背着毛主席语录和毛主席的惊天诗句，被“世界是你们的，也是我们的，但是归根结底是你们的”那样的名言所鼓舞，以为会有迟早的一日，自己将拥有天下，拥有属于自己的一隅世界。所以，也就从来不把乡村的苦累、寂劳放在心上，只是希望能尽快长大，到城里走走，到洛阳看看。想，既然城和城市在未来都属于像早上八九点钟的太阳的我们，我就该早点认识它们，认识那些早晚将属于我的高楼、马路、大街、商场、路灯，还有城市砖墙缝里的野草。

县城，在我家之南，有三十里路，因为哥哥在城里工作，也就寻着机会去了。见那马路的宽阔，可以并排过去两辆汽车，便臆想洛阳的马路，一定可以并排过四辆汽车；见城里的百货大楼共是两层，想洛阳的百货大楼，一定是有四层，且不叫百货大楼，而是名为千货大楼；见城里的姑娘多半白净，大都穿了塑料透孔的凉鞋，且还有人穿了裙子，想洛阳的姑娘，一定是个个白净漂亮，个个都穿了透孔的凉鞋，个个都穿了大红大绿彩色花裙。总之，县城比着乡下小街，有着决然的不同。如果村街是一种热闹，县城就一定是一种繁华；村街是广袤乡村的一粒夜星，县城就一定是乡村静夜的一轮明月；村街是乡村的一轮明月，县城一定就是乡村的一轮太阳。

那么，城市——我听说最多的洛阳，那块曾经有无数皇帝散步的地方，比起一个县城，它又该如何呢？不消说，和乡村小街是县城的子孙一样，县城也是城市的子孙。如果说县城里热闹异常，洛阳那儿一定是繁华无比；如果说县城是照亮乡村的一盏明灯，洛阳一定是县城永不可企及的一颗明珠；如果县城是照亮乡村的一轮太阳，洛阳就一定是照亮整个世界，而且是永不坠落、永远发光的早上八九点的永恒日出。与县城的繁闹永远是乡村繁闹的倍数一样，洛阳的繁华也永远是县城繁华的双倍百倍。这是一个少年的臆想，也是一个世界的事实。为了明晓自己的判断，便日夜盼着到洛阳去走走看看，以证明自己对世界臆想的正确。

也就终于去了。怀着一颗忐忑的心，在十二岁的时候，因为舅舅是名瓦工，在洛阳帮人做建筑，也就终于有机会去了一次洛阳，终于在我的人生中，第一次搭乘人家拉货的卡车，迎风站立着行驰了一百二十多里，到了历史上曾有许多皇帝散步的地方。果然，果然地发现，一切都与我的臆想一样，百货大楼是县里双倍的层数，马路的宽阔是县里马路宽阔的双倍。县城街面上的路灯灯泡多被少年们的弹弓所击中，而洛阳马路边一街两岸的铁杆路灯即便灯泡已经烧息，也都还完整无损地挂在那儿。还有，县城里确有楼房，也就三幢两栋，立在那儿傲然得不可一世，而洛阳那儿，楼房则多得一群一群、一片一片，因其众多，则都显得谦逊而又自然，和乡村草房因其众多，都显得质朴自然，并无自卑一样，那一群一片的楼房，虽然看我一个乡村少年有些羞涩陌生，但也并不因为我的羞涩陌生，而显示对我的过多高傲。我在洛阳的大街上走来走去，独自从百货大楼转到动物园，又从动物园走回到百货大楼前的一片浩瀚的水泥广场，看景，看物，看人。我看见城市的楼房那砖墙的裂缝里，都长有乡村田野上的野草；看见动物园里圈养的黄狼，比我家山坡上时常站着朝村里窥望的野狼还要肥胖；看见城里的姑娘，的的确确是每个人都洋洋气气、漂漂亮亮，穿着各色的塑料凉鞋和各样的长裙短裙。还有，她们每个人从我面前过去，都留下一路一串陈苹果新梨般雪花膏浓郁的香味。

我想我就是那个时候有了要好好学习、天天向上的美好念想，就像美国的老布什，在七十年代游了中国的壮美三峡，决定回去要竞选总统一样，那次我从洛阳回到家里，就思谋着好好读书，离开农村，逃离土地，到城市里去安排自己的一生。后来，老布什果然通过竞选，当了他的美国总统，我也果然通过保家卫国的途径，当兵到了部队，一个有楼房、路灯、火车和漂亮姑娘的豫东小城。

现在，老布什早就离开了白宫，回到他的田园农场，观望世界，颐养天年，以尾收人生。而我，二十周岁当兵，从洛阳搭乘火车，到商丘、到开封、到郑州、到济南、到北京，一路上奔写作，过日子，图声名，终于就到了在人生尾末的年龄了。我想，在这个年龄里，大约也该返身回到家了，回到农村去，回到那片偏僻的山坡下，养只鸡、种片菜，和老布什一样过悠然自乐的日子了。

一辆邮电蓝的自行车

岁月是久远地去了，往事如河流上顺水而下的空荡荡的船只，而少年时的一些事情，则好像船头上突兀站立的找不到主人的鹰。我总是主动地去寻找它们，总是能首先看到一辆邮电蓝的自行车醒目地朝我走来。它是那样破旧，不知道已在人生的路上转了多少命运的轮回，待我成为它年少的主人时，它轮胎上的牙痕都已磨平，铃铛上的光亮已经暗淡，锈斑像旧雨布一样在那上面披着挂着。车圈上倒还有不少亮光，可闸皮落脚的四个地方，却是四条狠狠擦去亮光的黑环，像车圈上四条永远抽着让它不停歇地转动的鞭子。

这是哥哥给我买的自行车。将近三十年之后，这辆自行车还在转着它的轮子，驮运着我的记忆，从遥远的地方孤零零地朝我走来，如雨天里找不到父母的孩子。我想起那辆自行车就想把手伸进记忆的尘灰中摸它、擦它、安抚它，宛若终于找到了自己丢失的弟弟、妹妹或者孩儿，要去拥抱一样。

那时候，二十七八年之前，我十六岁，读了高中。学校在离我家八九里外的一座山下、一条道河边。我每天一早在天色蒙蒙亮中起床出村，急急地沿着一条沙土马路朝学校奔去，午时在学校吃饭，天黑之前再赶回家里。读书是一件辛苦的事情。辛苦的不是读书本身，而是徒步地早出晚归，中午为了节俭，不在学校食堂买饭，而在校外的围墙下面，庄稼地边，用三块砖头，架起锅灶烧饭煮汤。架锅拾柴烧饭的不光是我、我们，还有比我们更远的学生，他们离校十几里、二三十里，最远的五六十里。学校规定不让在校内起锅烧饭时，就都蹲在学校的四周，于是一片狼烟。那里，早、中、晚都是炊烟袅袅中夹有读书之声，读书的声音被炊烟熏得半青半黑。现在看来，似是诗意，然而在那时，却是一段岁月和一代乡下孩子的学业生涯。所以，每每在上学的路上、在烧饭的围墙下面，看到有骑自行车的同学从身边过去，看到他们可以骑车上学、下学，可以骑一辆车回家吃饭，像一个农民站在干旱的田头眼巴巴地望着大山那边的落雨。羡慕是不消说的，而最重要的，是感到人生与命运的失落。仿佛，有一辆自行车骑着上学，就等于自己进了人世中的另一个阶层；仿佛，一辆自行车就是一个人的标码，是脱离贫穷与少年苦难的标志。

我对一辆自行车的渴望，犹如饥鸟对于落粒的寻找，犹如饿兽在荒野中沿着牛蹄羊痕的漫行。可我知道，自行车对于那时乡村百分之九十的农户是如何的奢侈，尤其对于我家。连一棵未成材料的小树都要砍掉卖了买药的常年有着病人的家庭，想买自行车无异于想让枯树结果。我从没给家里人说过我对自行车的热求，但我开始自己挣钱存钱。我去山上挖地丁之类的中药材去卖；我开始不断向父母要上几毛钱说学校要干某某某用；我到附近的县水泥厂捡人家扔掉不用的旧水泥袋，捆起来送到镇上的废品收购站去……我用三个多月的课余时间存下了三十二元钱。我决定用这三十二元钱到县城买一辆旧自行车，哪怕是世界上最旧、最破的自行车。从我家到县城是六十里路，坐车要六角钱。为了节约这六角钱，我在一个星期天以无尽的好话和保证为抵押，借了同学一辆自行车，迎着朝阳骑车子朝县城赶去。为了能够把买回的车子从县城弄回来，我又请了一位同学坐在借来的自行车的后座上。可就在我们一路上计划着买一辆什么样的旧车时，我们和迎面开来的一辆拖拉机撞在了一起。

我的手破了，白骨露在外面。同学的腿上血流不止。

拖拉机司机下来把我们俩骂得狗血喷头。

最重要的是，我借的自行车的后龙圈被撞叠在了一块儿，断了的车条像割过的麦茬儿。我和同学把自行车扛到镇上修理，换了一个新的车龙圈，换了二十几根车条，一共花去了二十八元钱。当手里的三十二元钱还剩下四元时，我再也不去想拥有一辆自行车的事情了。我老老实实上学、老老实实读书，老老实实早出晚归地步行在通往学校的路上。这样过了一个学期，在一个黄昏回到家里，忽然发现院落里停了一辆半旧的邮电蓝自行车，说是县邮电局有一批自行车退役，降价处理。哥哥就给我买了一辆，六十元钱。我知道哥哥那时作为邮电局的职工，每月只有二十一块六的工资，骑车往几十里外的山区送报时，几乎每天只吃两顿饭。可我还是为有了一辆自行车欣喜若狂，一夜没有睡觉，还居然在深夜偷偷地从床上起来，悄悄地把自行车推到街上，在村头骑了许久许久。不知道这辆邮电蓝自行车换过多少主人，为多少人家带去过福音，可从这一天起，它开始了我的、我们家的一段最难忘的岁月行程的轮回转动……

这辆邮电蓝的自行车，实在是伴随着我走过了命运中印痕最深的一段行程，它不仅让我骑着它有些得意地读了一年半的高中，而且高中肄业以后，让我每天骑着它到十里外的水坝子上当了两年小工；甚至，还让我骑着它到一百多里外的洛阳干活儿挣钱，以帮助家庭度过岁月中最为困难的一段漫长的光阴。

然而，最重要的似乎还不是这些，而是它满足了我少年虚荣的需要，使我感到了生活的美好，使我对生活充满了信心，感到一切艰辛都会在我的自行车轮下被我碾过去；感到世界上没有什么大不了的事情，只要敢于抬起脚来，也就没有过不去的河，重要的是无论在什么时候、在什么景况下，都要敢于把脚抬起来。在那几年里，我总是把那辆自行车有锈的地方涂上机油，把有亮光的地方擦得一尘不染，把它收拾得利索舒适，借以抬高、加快自己人生的脚步。直到二十周岁我当兵离家以后，家里因为总有病人，急需用钱时又把这车以六十元的价格卖给了别人。

现在，二十多年后的今天，那辆邮电蓝的自行车已不知身在何处。也许，它已不在人世，早已化为泥灰。可我在当兵的第二年回到家里时，在镇街上见到过它。它的主人是位乡下的汉子，赶完集后，骑着它从我面前走过，后架上驮着一头上百斤重的活猪——我知道，它又在驮着一家农户的日子。我一直望着那辆已经力不从心的邮电蓝的自行车从我面前摇摇摆摆地走远消失，想我怕永远也再见不到这辆邮电蓝的车子了。也竟果然，再也没有见过。如今，每年回家走在镇街上，我都忍不住要四处寻找张望。

感谢祈祷

人大多是在父母、爷奶及所有他们的亲戚、朋友的祈祷中来到这个世上，享受着祈祷，一日日长大。到了懂事之时，成年之间，尤其中年之后，开始为自己的孩子和年迈的父母不断祈祷时，才会深切地感到，祈祷是一种生命的温暖。享受别人的祈祷，是人生莫大的幸福，而为别人祈祷，则是生活中最大的无奈与忧心。

想起父母为我成长的许多祈祷，觉得那都是父母本应该的。天下没有不为自己儿女忧心祈祷的父母，也少有不为父母祈祷的儿女。问：你为什么要为你的儿女祈祷？答：因为他们是我的儿女。问：你为什么要为父母祈祷？答：因为他们是我的父母。情理就这么简单、真切，没有什么可以疑惑、辩驳之处。所以，父母为儿女的祈祷，总是被儿女忘记；儿女为父母的祈祷，也总被父母视作必然、日常。而总是令人铭记在心的，则是父母以外的人，为你付出的那种祈祷、那种真情仪式中的跪拜和祝福。

而我，未曾有一天忘记的，是我的三个姑姑在我入伍之后给我的祈祷。前不久过去的那个世纪，一九七九年二月，是那场南线“自卫反击战”的开始，也是我军旅生涯的伊初。刚刚入伍的新兵，对射击中“三点一线”的道理还不甚明了，便摊上了一场扑面而来的战争，自己除了偶尔莫名的惊慌，也倒还能吃能睡，然而给家里带来的“灾难性”的不安，却使父亲、母亲、哥哥、姐姐们每天都如生活在大地震将要到来的前夕。为了祈祷，为了祝福，那段时间，我家整整一个月都住满了亲戚。父母不信迷信，也任由亲戚们四处烧香、求佛，仿佛不如此我便没有保佑似的，直到那年春暖花开之时，政府通过广播向百姓宣布了从越南撤军。

可是，撤军了，战争并没有结束，南线的枪声，亦如淅沥的雨滴。而撤军对我家最大的益处，是三十多口亲戚，不再吃住在那座瓦房小院，集体偷偷地烧香磕头，这就减轻了父母的许多精神负担，使他们除了为儿子的忧心，不必再为家里日日夜夜满地是人而操劳烦乱。也就是这个时候，以为对我的祈祷暂时停下的当儿，在我所在的部队，还有几个团在前线的时候，我有机会出差途经家道，回了一趟老家。那是落日时分，我家的那个小镇上，各条街道都漫着初春余晖的温暖，都有扑鼻的清新与香味。那个时候，母亲正在暮日中搅着面糊，准备夜饭，我一脚踏进门槛，大声叫了声“妈”——母亲猛地回身，突然怔住，半晌无语，碗里的面糊却从她手里流在了地上。

第二天，父母让我抓紧到三个姑姑家里各走一趟，以免她们的牵挂。我首先去了大姑家里，因为距大姑家里近，路也顺利，是一条沥青公路。我到大姑家时，人们吃过早饭都还未及下地，在大姑家的那个村庄，还有人端着饭碗在村街上晃动。而令我意想不到的是，我到大姑家后，她还没有吃饭，没有烧饭。我一脚踏进门里，看见大姑满头白发，正跪在上房正堂的桌下一动不动，嘴里念念有词，面前摆了供品，供品前敬着菩萨。香炉里的三炷草香，让满屋蓄溢着缭绕的青烟。因为姑姑坚信世间有神，人的一切都是神的安排，所以，我同姑夫一道，在姑姑身后默默站着，没有敢去惊动她的那份虔诚。直至三炷香尽，她最后向菩萨磕了三个响头，姑父才对她说，你起来吧，连科早就到了家里。使我惊异的是，姑姑对我的突然出现丝毫没有惊异，我叫了一声大姑，她回头应着，眼角里含着感恩的泪珠，脸上却是应验的笑容，说她自己知道我要从部队回来的，知道我已经回到了家里。说昨夜儿梦里菩萨曾告诉她说我已到了家中，所以她五更起床上香，烧完三炷，磕了三个头，再续上三炷香，继续磕头，待香又烧完，接着磕头，接着续香。姑夫对我说，大姑在那个月里每天都是五更起床，那样续香八次九次，头也磕上二三十个，每天都说我要回来，竟也果然回了，果然有了应验。大姑并不向我太多唠叨神什么的，只是望着我，不停地擦着眼泪，简简单单说了几句，说应验了，剩下的就是以后每年要向菩萨还愿。说除了每天按时给菩萨进香，日后的每个年节，都要向诸神供祭一个猪头，以保我在部队岁岁平安，就是还要打仗，也依旧安然。

这就是大姑的心愿，从一九七九年算到今天，已经有二十几年，因为我那次突然回家给她祈祷带来的应验，她二十几年坚持不断地每天向菩萨进香，每年春节用猪头给诸神奉供还愿。今年大姑已八十多岁，这样的事情，未曾断过一日、一次。

二姑去世很早，在我的记忆中，未曾有过她的身影。三姑住在我家前河的对岸，十余里路，除了每次去得蹚水过河，还要爬上一段山路。那次回家，到三姑家里是到了大姑家当日的后晌，三姑不像大姑那样信神，可她那幽暗的屋里，也摆有神像和香炉。没有看到三姑像大姑那样烧香磕头，祈祷祝福，但见到三姑家墙下的那张条桌中央，放有一尊老寿星的石膏像，而与老寿星并排立着的，则是我这个晚辈入伍后寄回家的穿军装的照片。

十几年后，三姑得了癌病，奄奄一息，我又回家过河探望，她已经基本走完了她那平淡的一生，可到了她生命的最后，我的照片仍然同老寿星一道，立在那张条桌的中央，而她却在见我不久，便离开了这个世界。

小姑家离我家有三十余里，不通公共汽车，也不能骑车到达她家。入伍之前，读小学、初中时候，我每年暑假，都爬山步行到小姑家里割草放牛，小姑每天都给我擀绿豆面条，蒸半白半黄的杂馍。之所以去小姑家最多，就是因为到小姑家里吃得最好。可是，那次回家，到小姑家去的脚步我还未得抬起，小姑却先自回到了她的娘家，看见我后未曾说话，却已泪流满面。在几个姑中，小姑是最不信神的，可到我家的第一件事情，她却是首先到照片的牌位面前，虔诚地烧香，虔诚地下跪磕拜，感谢列祖列宗，让她的侄儿连科能安安全全地回了家里……

事情都已过去了二十多年，到了我中年之后，也开始为自己的儿子和白发的母亲不断地祈祷的时候，也就终于明白，由别人为你祈祷，是你生命中的温暖，而你为别人祈祷，则完全是忧心无奈的求援，是人生中最为孤立无援的祈求。

我的父亲已经谢世了十六七年，三姑也已走了许多春秋，大姑、小姑，都因姑父们先行离去而凄然地孤独生存。他们那一代人，渐次地离去，在一次次地告诉着我，如我的这一代中年，也都正在接近尾声，这越发使我体会到了祈祷给人心灵的温暖。我祈祷母亲能健康长寿，祈祷姑姑、叔伯们有好的身体和稍微如意的农家日月，祈祷哥姐们在日子中少些烦恼，少些争吵，祈祷我的孩子和所有的侄男侄女，学习中有好些的成绩，长大后能够顺顺当当地成家立业……

明明知道祈祷是一种无奈，但还是祈祷：我的祈祷能给他们带来温暖和安抚，像三个姑姑的祈祷给我带来的安慰一样。如果一个人，连祈祷也不再有了，那就真的是一无所有。幸亏，我有别人给我的祈祷，也有我给别人的祈祷。这就是一种富有和宽余，是一种活着的意义。

感谢命运，也感谢祈祷。

二胡与儿子

二胡是不用解释的拉弦乐器，属胡琴的一种，大于京胡，其琴筒为木制或竹制，直径是八九个厘米，一端蒙以蟒皮或蛇皮。琴杆上设两轸，张弦两根，按五度关系定弦，用于独奏、伴奏和合奏，声音低沉柔和，表现力强，演奏悲壮的曲调，尤为感人。

小时候极爱听二胡，也有过学拉二胡之念，但不是其才，也就算了。哥哥有位同学，与我家同村，自幼二胡拉得出色，远近皆知其名。村里唱戏时，极多人不是为了看戏，而是挤到台子一角，去听他的二胡。如村里请来了名角演唱，那名角就先问是不是他拉二胡。如是到外边去请剧团，就先要告人家说，村里的二胡比你们剧团拉得不差，人家不信，要当场听他一段。听毕后，男演员不言，摸摸他的头，来村里唱了；女演员不摸头，看他几眼，来村里唱了。他是村里的骄傲。记得曾爬到枣树上看过一晌戏，戏完了，却不知唱了什么，原来是看他拉了一晌二胡。

有孩娃出村，人问哪村的，不答村名，只说和他一个村，人家便知是田湖村的了。后来，县剧团要排豫剧《红灯记》，把他招走了，村人感到好大损失，见面都说，知道吧，他被县剧团要走了。

对方听了，愕然，问："不回来了？"

答说："连户口都迁走了。"

二人都一阵静默。在街上碰上的，这样一问一答，便默默地擦肩相去了；在田头碰着的，一问一答，到田里做活了。都感到他的走离，是村上一件很哀伤的事。且一直哀伤了三年。这三年间，村里的戏班再也没有别处红火了；去外地请名角来唱，凭空难了许多。直到三年后县剧团到村里演出，都看见他在剧团的乐队中是拉第一把二胡，连五十余岁拉了一生二胡的名手也坐在他的身后，那哀伤才彻底荡尽，代之以满村的兴奋。第二天满村只有两句对话：

"看戏没？他拉头把弦子了。"

"看了，真想不到呵……"

可惜，剧团只在村里演了一场，就启程走了。后来，我也当兵去了，只每年回家，听到一些零碎消息：说县剧团新编了一个历史剧目，唱遍了豫西各县，在洛阳唱了一月有余，在郑州香玉剧院唱了一周，均是场场爆满；说河南剧界的权威也看了，说想不到一个山区小县能编演这么好的戏，还特意问了他的二胡；再后来，就听说地区二胡赛，他拿了大奖，省里二胡大赛，他夺得了前几名。可在所有获奖者中，他的年龄最小，且是小了十岁二十岁，震动了河南一位二胡前辈。从此，十余年过去，我就时时想着这同村人，渴念能见他一面，能再享受他一耳二胡之韵。

然今年回到家里，却见他在镇卫生院做划价员。透过那一方小窗，处方出出进进，他把千百种药价记得滚熟，满满的处方上的药名，他只消搭眼一溜，即准确无误地写出了价格。看他的脸时，也有了许多岁月的艰辛，却丝毫找不到拉二胡时随韵而变的情律。再仔细去看，从那小窗中，就瞧见一块四季风雨所耕作的田地。回到家里，问起方知，他已离开剧团许多年了。再问，又答：

“有家有口了，还拉啥儿二胡。”

| 辑二 |

努力做一个不退场的跑者

我是谁

我是谁，有点文化的人都这样问，并无谁可以答曰。由此，随朋友去他朋友家，他朋友家住在北京西长安街，房宽、人贵、物华。入得门去，见宾朋满室，友人便向宾朋介绍我了。

说：这是作家某某，写过某某小说。

大家斜地看我，不知小说某某是何。

友人看场面尴尬，又说：部队的，少校。

大家看看我的便服，笑笑，点了头，握了手，坐了。

一场不欢。

不久，回到老家。老家在豫西嵩县田湖镇上，穷地，县是历年的全省贫县之首。从洛阳坐两个小时长途客车颠颠荡荡，午时到嵩县的田湖小镇，汽车悠悠停了，有许多农民围着车窗兜售煮熟的鸡蛋和自己做的不够卫生标准的袋装汽水，还有自炒的葵花子、西瓜子等。

围车窗的，只见举起的手和物品；围车门的，恨不得不收分文把那物品塞到客人的衣兜。我在下车的人流中间，待下得车来，村人把物品塞到我身上的时候，忽然认出我来，都说，哎呀，原来是你呀，连科，吃吧鸡蛋，自己家煮的。有一个小小的姑娘，把一袋汽水塞到我的手里，转身跑远去了，没有一句言语。望着她的背影，我想起来我曾和她哥同桌。还有别的，卖甜秆的、卖杂格（牛肉汤）的、卖苹果梨的，都是同镇的村人，都拉着我去吃一点什么，哪怕是卖枣的一个红枣。

有收工的邻居，过来说了一声回来了啊，跟上吃晌午饭了，就把我的行李挑在他的锄上。我的叔伯哥们，在街上正帮人盖楼，站在高高的架木之上，见我回来，大声地唤着，对我说家里没人，母亲到田里去了，大门锁了，让我先到他家，由嫂子烧一碗水喝。

我应承一阵走去，看见了一群跑来的侄男甥女，拉着我的手要糖吃哩，还说他们的奶奶、外婆——我的母亲在河滩锄地，知我今天回来，怕到家早了，便借车子骑到田里锄地。

于是，我终知我是谁了。

掏鸟窝

在日光酷烈的盛夏，盛夏的午时，小麦将熟未熟，乡村的街道上浮荡着白浓浓的麦香。大人们搁下午时的饭碗，都歇午觉去了，把整个乡村都交给了孩子。

这时候，我就和几个同龄的孩子相邀而去，扛上谁家的梯子，提上柳条编的鸟笼，到邻居家的房檐下，到村头的树林里，先低头察看一阵，看哪儿的地上有一堆一片的鸟粪，依此定断那儿有没有鸟窝；然后，再在鸟粪多的地方，悄然站下，竖耳静听，看有没有小鸟饥饿的叫声。

或者，看见鸟窝之后，没有听见小鸟的尖叫，就藏在那儿等待，等待那些孵蛋的鸟雀在窝里的动静。也许它孵得累了，会起来抖抖身子，换种姿势，这时就有羽毛从空中落下；再或许，它在孵着不动，它的丈夫外出觅食去了，会回来给它送些吃食，或者回来替它孵上一会儿，让它出去找些食点。总之，它们总是逃脱不了我们的耐心，会最终暴露给我们的淘气。而我们，也大多是弹无虚发，马到成功，每天中午都能掏出几窝小鸟，或者一窝、两窝的鸟蛋。然后，再把那鸟窝连窝端走，回到家里养着小鸟，或用棉花孵那鸟蛋。

整个夏天，就这样玩耍。

可是，有一天在我端着一棵榆树上粗瓷碗似的鸟窝和鸟窝中红毛茸茸的几个小喜鹊回到家里时，我看见我家墙上原来挂的八仙过海图、牛郎织女画和天女下凡的像被人揭去了；正堂桌上祖先的牌位不见了；还有为祖先烧香用的精美的香炉被摔碎在了屋中央……屋子里凌凌乱乱，布满灰尘，如被谁洗劫了一样。

这是一九六八年的事情。那是一个特殊的年代，特殊到人的记忆都是黑颜色，尽管我家是一户普通乡村最普通的农民。

从此，我就不再去掏鸟窝了，和长大了一样。

一桩丑行

回忆丑行，是一种对往事的微笑。

想起二十多年前，我第一次以正义的名誉，把告状信送到校长的办公室时，我已经不再怀有对同学和朋友的不安，内疚早已像儿时在田野燃起的草烟样无踪无迹，留下的只是对那时的单纯的想念。

那时候，我是那样地渴求上进，渴望生命中充满阳光，想在中学入团，想在考试中取得好的成绩，想让我心仪已久的学校演出队的那些女孩和我多说几句话，对我微笑一下。也许，渴求上进好好学习争取入团的目的，本就不是为了自己的前程，而仅仅是为了让那些女孩对我刮目相看，觉得我是她们同学中不错的一个也就足了，也就罢了。于是，在好好学习上是下了一些力气，而在天天向上方面，除了积极主动地打扫卫生，争取多擦一次黑板之外，往学校的试验田里挑粪种地，也是扮演了脏着不怕、累着不吝的上好的角色。

当然，在得到老师的表扬之后，也不会忘掉乘机把入团申请交到老师手里，就像把自己的求爱信交到了媒人手里一样，炽热和真诚，在不慎间是可以把房屋、校园、草地、田野都烧起火，可以把世界上所有的寒冬都烤成为春夏的暖热的。可是，时隔不久之后，从同学中传来的消息说，入团的几个人中，不仅没我，而且有的却是几个我不甚喜欢的同学。之所以不甚喜欢，不是因为他们的学习没有我好，往试验田里挑粪的筐灌得没有我的高满，而更为重要的，是他们的家境都比我好，穿戴也都比我穿的时新，漂亮的女同学都像蜂蝶样日日间围着他们飞来舞去。现在想来，已经无法形容我那时的痛苦，说世界暗无天日，也是丝毫不为过的。不仅他们成双结对地走在上学、放学的路上，而且又都有入团的希望；不仅都有入团的希望，还有彼此恩爱的人生可能，这哪能让一个充满忌心的少年容忍得了，不做出一些反应、不采取一些措施，不仅有辱了一个少年的人格，也辱了天下男人的尊严。

是可忍，孰不可忍哦。

从学校回到家里，我彻夜未眠，写了一封检举信，揭发那些入团苗子的诸种劣迹，比如某某某上课不认真听讲，某某某下课不认真完成作业，考试时曾偷看同学卷子等，还有谁谁谁，他家不是贫下中农，而是富农成分……如此这般，我上纲上线，引经据典，说共产主义青年团是中国共产党的后备军，团员是党员的种子库，说让这些人入团，无异于为团旗抹黑，为党组织这座高楼大厦的根基中填塞废砖烂瓦，长此下去，有一天党会变色，国会变黑，大楼会坍塌，到那时，将亡羊补牢，为时已晚，后悔莫及。在天亮时分，我把那封检举信再三看了，装入一个信封，早早来到学校，如乘着夜黑风高样乘着校园安静，把那封信偷偷地塞进了校长的办公室。

剩下的时间，就是对我耐心的考验。等待着一场好戏，却总是不见幕布的徐徐拉开，这使我受尽了时间的折磨，以为那信也许是校长不慎将它扫进了装垃圾的簸箕，也许校长将信看了，随手一团一扔，对作者的名字嗤鼻一笑，说声“蚍蜉撼树谈何易”，也就算是了结。总之，随后的日子，一切仍是一切的样子，鸟还是那样地飞着，云还是那样地白着。以为一切都已经过去，一切都和没有发生一样，使我庆幸什么也没有发生，懊悔什么也没有发生。可在刚刚平复了内心的不安之后，在一天的课间操时，校长却突然出现在我的面前，盯着我看了半天，冷冷地对我说了两句话。

一句是：“你就是阎连科？”

另一句是：“管好自己，管别人干啥。”

说完这两句话，上课的铃声响了，他没有再看我一眼，就去往了某个教室。可他那两句话，却是我平生在学校听到的最严厉的批评，也是最严肃的劝诫。

之后不久，学校开了一个学生大会，宣布了一批新团员名单。我处心积虑检举的三个同学，有两个在新团员的名单中间。接下来的日子，不知道为了什么，好像我所检举的几个同学，知道了我在校长那里对他们的恶行，连看我的目光，都是那样的不屑和睥睨，使我不得不在上学、放学的路上，远远地躲着他们，不得不把希望学校演出队的漂亮女生多看我一眼的奢念都及时、用力地掐死在萌芽状态。为了躲避那些目光，为了躲避学校压抑的环境，也为了解救那时我家境的贫寒，之后不久，我便辍学到几百里外打工挣钱去了。每天干两个班时，十六个钟点，能挣上三块二毛钱。

随后，为了谋生，我又当兵到了部队。探家时听说我曾经揭发过的那两个同学终于结婚成家，誓为百年之好。我羡慕他们，也很想去祝福他们，而且还听说因我找对象困难，他们夫妻曾跑前跑后，给我张罗女友，于是就更加觉得愧疚。到末了，终于去了一次他们家里，他们似乎并不知道他们入团时曾经发生过的那段插曲，也就没有主动提起那桩我过往的丑行。

好在，愧疚已经过去，剩下的都是一些美好的回忆。好在，那是我平生第一次去打了别人的报告，也是我这辈子最后一次去打别人的报告。

我为此感到欣慰。

我本茶盲

对于北方人来说，喝茶其实是一种奢侈，黄土寡薄，哪里生养得起那些娇贵的茶哟。儿时的乡村，谁家的罐中藏些茶叶，那家家境一定是有些殷实，一定是有人在外边的某个城市工作。茶叶，也是某一类家庭的象征。而那些藏有茶叶的家庭，也是不喝茶的。之所以藏着，是因为左邻右舍谁家孩娃饭吃多了，不能消化，有了积食，据说可以泡些茶叶水以当药用，消食化积。

可想，在北方，在北方的乡村，茶叶的尊贵。

我是在当了兵后，才喝上了人生第一杯泡了茶叶的开水，微苦、微涩，并没有感到它有多么的爽口，但那是指导员特意给我泡的，为了让我好好为党工作，树立正确的入党观、人生观，为实现共产主义而努力奋斗，才撮了几枝放在一个玻璃杯中。因此，我更加体会到了茶叶于我意义的深刻、沉重，仿佛一个病人药锅中的人参。后来，提了干，宣传科的办公室里总是放有茶叶，科长和干事们上班之后，第一件事就是先给自己泡一杯茶水，肃穆地和军帽并列放在桌角。自觉公家的茶叶、公家的开水，别人都喝了，我不喝是显然的吃亏，且，你是党的机关干部，不喝茶叶水也显然是故意与众不同，也就渐渐喝了；加之那时白天上班，晚上要习作小说，人家说喝浓茶可以驱赶瞌睡，一试，果然。也就或多或少，有了浅浅的茶瘾，生活中差茶水，仿佛吃了一碗干饭没有喝汤一样。

不过，茶的好坏，品质优劣，对我一概构不成什么鼓励与伤害、遗憾和失落。说起来，也算断断续续喝了二十年的茶了，红茶和绿茶之别，大多是泡在水里之后，我才能分辨出来。这样的品茶水准，其实正如一生走路的人，永远无法分清软鞋底儿与硬鞋底儿谁更适合行程一样。软的底儿，柔脚却易于磨损；硬的呢，刺脚但坚实。

当然，因为改革开放，鞋已经有了柔而坚实的鞋底，可茶，少见有人红绿各半地泡饮，如果真有，那也一定是如我这样的北方茶盲。说到茶盲，对我来说名副其实，和我自己总说自己半生没有写出一篇好小说一样是实事求是。喝过碧螺春，忘了是什么味道；喝过龙井，也记不起它是什么滋味。总之，分辨不出它们二者的差异，也分辨不出它们与一般常茶的高下。有次一位中将，打开自己装机密文件的保险柜，取出一筒茶来，给我泡了一杯，说小阎，你尝尝这茶。让我把泡茶的第一道水适时倒了，又适时续上第二道水之后，他问：“好吗？”我咂咂嘴道：“好。”又从杯中衔出一枝直竖蓬勃的绿叶在嘴里细嚼了许久，像刚刚镶上金牙的人不断地用舌头去舔那金牙一样。因为这个有些逢迎的动作，中将还说我对茶叶有些内行。可从中将的办公室里出来，同行的人问我，刚才中将给我泡了什么茶。我说喝不出来。又问，好吗？我说，说不上来。

还有一次，一个记者挚交，在过春节之前，给我送了一筒茶叶，说是台湾的什么名贵品种，二百五十克，需八百四十元钱，当时打开看了，发白，有层绒毛，样子的确与众不同。待他走后，我想把它卖了，半价也行，正好寄回老家让母亲或姐姐们过年，所以只要有朋友到我家里，我便拿出那筒茶叶推销，他们都说那茶确是好茶，愿要，不愿出钱。末了我就只好将那筒名贵茶自己喝掉，发现那筒茶叶的味道的确特别，每一口都有喝了金水银汤之感。

喝过工夫茶，觉得费时费劲；喝过各种毛尖，觉得大同小异；喝过发霉变质的茶叶，觉得要比白水有味。所以，我就觉得那些发现喝绿茶宜于读诗，喝红茶适宜读小说，喝碧螺春适合读杜牧的清词丽句，而喝白毫、紫笋适合读读古文的人，实在明白人生，活出了诗意；而像我这样爱喝茶的糊涂茶盲，真真是白白活了一场。茶盲又要每天喝茶，每天喝茶又对茶道一无所知。对名贵茶喝不出味道，对霉茶、常茶，觉得总比没有茶好，这样的人，和混在兔群中的羊没有什么差别。

明天我又要回老家办事，还是捎二斤茶叶放在母亲专门储茶的那瓦罐里吧。母亲说，村里谁家孩娃有了积食不化，甚或谁家小伙子找对象要和姑娘见面，常去她那儿讨要茶叶，因为她有一个儿子工作在外。

病悟

去年的事情。

去年回老家，感冒了。日常病症，并不怎么放在心上，如不把一片树叶落在头上当作沉重样。然却日挪一日，不见好转，且还鼻塞、咳嗽、发烧，忽时身冷身热，也就决定去趟医院。

医院离我老家二三里，绕过村头，踏着一片被乡村繁闹挤到远处的小路，转转弯弯，就可到了。我就踩着那一绳小路，躲着繁闹，绕着村头走着。走着要路过一片开阔的庄稼地段，种的是小麦，季节是初冬，到处都已显下荒凉，树上无绿，只有偶卷偶挂的枯腐干叶翘在天空，如浩蓝天空中抖下的大块尘灰在路边上方浮着悬着。树也多是乡村泡桐，在路边均匀站立直竖，显得孤寂虚空。我就在那树下走着，听到了树在风中的呢喃私语，听到了枯叶从天空落下的呢喃叽吱。就走着，总是抬头，越过枯枝把目光仰向天空，和洁净辽远对视对语，说些什么，直到脖梗累了，低下头来，就看到一棵两人抱不住的粗桐下边，扔着一个东西，像污了的玻璃样有些隐隐的闪光。

我从那桐树下边走了过去，没有在意那模糊的光亮，也没有在意那光亮的一段物品。可是走着，又觉得我在背后丢了什么；或者，有一样东西，我该捡的，却是没有捡它。

犹豫着，想也许是一段被土埋的白玉，就又走了回去。

弯腰，看那隐约闪光的东西，捡起，竟是一段在日光下扔着的腐白骨头。也许是兽骨或猪骨，几寸长，细于汽水瓶，且那骨上有了许多网裂和虫蛀的小孔。想要扔掉，却想起那骨头也许不是兽骨、猪骨或牛骨。也许的，它是一段人的骨头。记得少时在家，经常可以在田野某处或坟前的哪儿，捡到坟墓迁移时漏落在地上的人的骨头。想到是人的骨头时，我浑身颤冷一下，差点像抓到了火样把那骨头扔出去。

可是我没扔。

我把那骨头慢慢放在面前了。面前是裸出地面的一根比碗粗的树根。我坐在那树根上，瞅着那段腐白骨。

我坐在树根上，就瞅着那段腐白骨。

我就坐在那根碗粗袒裸的树根上，怔怔瞅着那段腐白骨。

瞅着和想着，太阳落山了，最后的红光从我面前探过来，试着铺在那段腐骨上，把腐骨染上红亮和灿然。接下来，那越了腐骨的光，爬上我的脚，爬上我的膝，爬到我脸上，把我的脸照得红光满面、温温暖暖，让我感到一世界都是祥和温熙了。这时候，我把那腐骨拿起来，放在泡桐树的树根旁，捧来麦田的土，把那骨头埋在了树根边，抬头看着洁净的天、深红的日，再看着面前两人不可抱住的大桐树，想到我家乡盖房时，人们多都用泡桐做房梁，也多用泡桐做死后的棺材板，就试着抱了抱那泡桐树的粗。

这一抱，我豁然洞开了。

悟到了不可言说的生死深奥。

在那树下站一会儿，我没有再往医院去，转身朝着我家回去了。

没看病，却在回家的当夜就浑身轻松，烧退咳止，来日连半点感冒的征兆都没有。

一个人的三条河

生命与时间是人生最为纠结的事情，一如藤和树的缠绕，总是让人难以分出主干和蔓叶的混淆。当然，秋天到来之后，树叶飘零，干枯与死亡相继报到，我们便可轻易认出树之枝干、藤之缠绕的遮掩。我就到了这个午过秋黄的年龄，不假思索，便可看到生命从曾经旺茂的枝叶中裸露出的败谢与枯干。甚至以为，悦然让我写点有关作家与死亡、与时间的文字，对我都是一种生命的冷凉。但之所以要写，是因为我对它与写作的敬重。还有一个原因，是朋友田原从日本回来，告诉我了一个平缓而令人震颤的讯息，他说谷川俊太郎先生最近在谈到生命与年岁时说："生命于我，剩下的时间就是笑着等待死亡的到来。"

富有朝气、卓有才华的诗人兼翻译家田原，年年回来总是给我带些礼物。我以为他这次传递的讯息，是他所有礼物中最为值得我收藏的一件。在日本的亚洲文学，或说世界文学，大江健三郎、谷川俊太郎和村上春树，约是最为醒目的链环。他们三个人中，诗人谷川俊太郎年龄最长，能说出上边的话，一是因为他的年岁；二是因为他的作品；三是他对自己作品生命的自省和自信。由此我就想到，于一个作家而言，关于时间、关于死亡、关于生命，可从三个方面去说：一是他自然的生命时间；二是他作品存世的生命时间；三是他作品中虚设的生命时间。

自然的生命时间，人人都有，无非长短而已。正因为长短不等，有人百岁还可街头漫步，有人早早夭折，如流星闪逝。这就让活在中间的绝大多数，看到了上苍对人的生命之无奈的不公，滋生的人类生命本能最大的败腐，莫过于对活着的贪求与渴念，因此膨胀、产生出活着的无边欲望和对死亡莫名的恐慌。

我就属于这绝大多数中最为典型的一个。在北京，最怕去八宝山那个方向。回老家最害怕看见瘫坐在村口晒暖的老人和病人。十几年前，我的同学因为脑瘤去世，几乎所有在京的同学，都去八宝山为他送行，唯独我不敢去那儿和他最后见上一面。可是结果，大家去了，在伤感之后，依然照旧地工作和生活，而我却每天感到隐隐的头痛头涨，严重起来如撕如裂，于是怀疑自己也有脑瘤，整整有半年时间，不写作、不上班，专门地托亲求友，去医院，找专家，看脑神经、脑血管和大脑相关的各个部位。单各种 CT 和核磁共振的片子拍得有一寸厚薄。医院和专家，也都不惜你的钱，看见小草就说可能会是一株毒树，不断地引领你从感冒的日常遥望癌症的未来，直到最后在北京医院求见了一位八十多岁的脑瘤专家，他在比对中看完各种片子，淡淡问我："你看病自费还是报销？"我说："全是自费。"他才朝我一笑，说你的头痛头涨，还是颈椎增生所致，回家按颈椎病按摩去吧。

实话说，我常常为死亡所困，不愿去想人的自然生命在现实中以什么方式存在才算有些意义。躲避这个问题，如史铁生一定要把这个问题想清弄明的执着样。比如写作，起初是为了通过写作进城，能够逃离土地，让自己的日子过得好一些，让自己的生命过程和父母的不一样。后来，通过写作进城后，又想成名成家，让自己的生命过程和周围的人有所差别。可到了中年之后，又发现这些欲望追求，与死亡比较，都是那么不值一提，如同我们要用一滴水的晶莹与大海的枯干去较真儿。

诚实坦言，直到今天，我都无法超越对死亡的恐慌，每每想到"死亡"二字，心里就有种灰暗的疼痛。会有种大脑供血不足的心慌。就是两三年前，北京作协的老作家林斤澜先生因病谢世，我找不到理由不去八宝山为他送行，回来后还连续三个晚上失眠烦恼，后悔不该去那个到处都是"祭"字、"奠"字和黑花、白花的地方。现在，弄不明白我为什么要继续写作，我就对人说："写作是为了证明我活着。"我不知道这句话里有多少伤感和幽默，只是觉得很愿意这样去说。因为我不能说："写作是为了逃避和抵抗死亡。"那样会觉得太过正经，未免多有秀演。可把死亡和写作，把一个人的自然生命和文学联系在一起时，我实在找不到令我和他人都更感贴切、更为准确，又可信实的某种说辞。

我常常在某种矛盾和悖论中写作。因为害怕和逃避死亡才要写作，而又在写作中反复地、重复地去书写死亡。我说《日光流年》是为对抗死亡而作，其实也可以说是因恐惧死亡而悠长的叹息。《我与父辈》中有大段对死亡浅白简单的议论，那也其实是自己对死亡恐惧而装腔作势地呐喊。我不知道我什么时间、什么年岁可以超越对死亡的恐慌，但我熟悉的谷川俊太郎先生，在年近八十岁时说了"生命于我，剩下的时间就是笑着等待死亡的到来"那样的话，让我感到温暖的震撼。这句对自然生命与未来死亡的感慨之言，我希望它会像一粒萤火或一线烛光，在今后的日子里，照亮我之生命与死亡那最灰暗的地段和角落，让我敢于正视死亡，如正视我家窗前一棵树木的岁月枯荣。

如果把人的自然生命视为一条某一天开始流淌、某一天必然消失的河流，于作家、诗人、画家、艺术家等相类似的人而言，从这条河流会派生出另外的一条河流来。那就是你活着时创作出的作品的生命时间。曹雪芹活了四十几岁，而《红楼梦》已写就约二百五十年，似乎今天则刚入生命盛期。没有人能让曹雪芹重新活过来，腐骨重生，可也没有人有能力让《红楼梦》消失死去，成为废纸灰烬。卡夫卡四十一岁时生命消失，而《城堡》《变形记》却生命蔓延不衰。

岁月久长久长。

他们在活着时并不知自己的作品会生命久远，宛若托尔斯泰活着时，对自己的写作和作品充满信心。一个画家不相信自己的作品可以长命百岁，并不等于他不理想着自己的作品生命不息。一个作家之所以要继续写作，源源不断，除了生存的需求，从根本去说，他还是相信，或者侥幸自己可以写出好的乃至伟大的作品来。如果不怕招人谩骂，我就坦然我总是存有这样侥幸的莽撞野愿。但我也知道，事情常常是事与愿违，倍力无功，如一个一生长跑的运动员，到死你的脚步都在众人之后。你的冲刺只是证明你的双脚还有力量的存在，证明你在长跑中掉队但没有选择放弃和退出。如此而已，至多也就是鲁迅歌颂的“最后一个跑者”罢了。

在中国作家中，我不是写得最多的，也不是最少的；不是写得最好的，也不是最差的。我是挤在跑道上没有停脚的一个。跑到最前的，他在年老之后，可以坦然地站在高处，面对夕阳，平静而缓慢地自语：“生命于我，剩下的时间就是笑着等待死亡的到来。”因为他们在时间中证实并可以看到自己作品蔓延旺茂的生命，而我于这些证实和看到的，却是不可能的一个未来。何况现在已经不是一个阅读的时代。

何况已经有人断言宣布："小说已经死亡！"在我来说，我不奢望自己的作品有多长的生命力，只希望上一部能给下一部带来写作的力量，让我活着时，感到写作对自然生命可以生增存在的意义。

今天，不是文学与读书的时代，更不是诗歌的时代，可谷川俊太郎的诗在日本却可以每部印至三万余册，一部诗选集印刷五十余版，八十多万册，且从他二十岁到七十九岁，六十年来，岁岁畅卖常卖。这样我们对诗人已经不可多说什么，就是聂鲁达和艾青还活着，对今天日本人痴情于某位诗人的阅读，也只能是默默敬仰。这位诗人太可以以"笑着等待死亡的到来"的姿态面向未来。而我们一生对写作的付出，可能只能换回当年保尔·柯察金的那句名言："当他回首往事时，不因虚度年华而悔恨。"如此虚胖的豪言，也是写作的一种无奈。作品的存世，只能说明我们活着的方式。希望自己写出传世之作，实在是一种虚胖的努力，如希望用空气的砖瓦，去砌盖未来的楼厦。但尽管明白如此，我还是要让自己像堂吉诃德一样战斗下去，写作下去，以此证明我自然生命存在的某种方式。"决然不求写出传世之作。一切的努力，只希望给下一部的写作不带来气馁的伤害。"这是我今天对写作、对自己作品生命的唯一条约。

努力做一个不退场的跑者，这是我在战胜死亡恐惧之前的一个卑微的写作之望。

有一次，博尔赫斯在美国讲学，学生向他说："我觉得哈姆雷特是不真实的、不可思议的。”博尔赫斯对那学生道：“哈姆雷特比你、我的存在都真实。有一天我们都不存在了，哈姆雷特一定还活着。”这件事情说的是人物的真实和生命，也说的是作品的永久性。但从另一个侧面说，探讨的是作品和作品中的内部时间。作家从他的自然生命之河中派生出作品的生命河流。而从作品的生命河流中，又派生出作品内部的时间和生命。作品无法逃离开时间而存在。故事其实就是时间更为繁复的结构。换言之，时间也就是小说中故事的命脉。故事无法脱离开时间而在文字中存在。时间在文字中以故事的方式呈现，是小说的特权之一。

二十世纪后，批评家为了自己的立论和言说，把时间在小说中变得干枯、具体，如同呈现在读者面前的一具又一具的木乃伊。似乎时间的存在，是为了写作的技术而诞生；似乎一部伟大的作品，从写作之初，首先要考虑的是时间存在的形式，它是单线还是多线，是曲线还是直线，是被剪断后的重新连接，还是自然藤状的表现。总之，时间被搁置在了技术的晒台上，与故事、人物、事件和细节剥离开来，独立地摆放或挂展。时间欲要清晰却变得更加模糊，让读者无法在阅读中体会和把握。而我愿意努力的，是与之相反的愿望和尝试，就是让时间恢复到写作与生命的本源，在作品中时间成为小说的躯体，有血有肉，和小说的故事无法分割。我相信理顺了小说中的时间，能让小说变得更为清晰。

在理顺之后，又把时间重新切断整合，会让批评家兴趣盎然。可我还是希望小说中的时间是模糊的、能够呼吸的、富于生命的，能够感受而无法简单地抽出来评说晾晒的。我把时间看作是小说的结构。之所以某种写作的结构、形式千变万化，是因为时间支配了结构，而结构丰富和奠定了故事，从而让时间从小说内部获得了一种生命，如《哈姆雷特》那样。人的命运，其实是时间的跌宕和扭曲，并不是偶然和突发事件的变异。我们不能忽视小说中的人生和命运里时间的意义。时间在根本上左右着小说，只有那些胆大粗疏的写作者，才会不顾及时间在小说中的存在。

理顺时间在小说中的呈现，其实就是在乱麻中抽出头绪来。有了头绪，乱麻会成为有意义的生命之物。没有头绪，乱麻只能是乱麻和垃圾堆边的一团。

我的写作，并不是如大家想的那样，要从内容开始，"写什么"是起笔之源。而恰恰相反，"怎么写"才是我最大的困扰，是我的起笔之始。而在"怎么写"中，结构是难中之难。在这难中之难里，时间的重新被条理，可谓是结构的开端。所以，我说"时间就是结构，是小说的生命"。我用小说中的时间去支撑我的作品。用作品的生命去丰富我自然生命存在的样式和意义。反转过来，在自然生命中写作，在写作中赋予作品存世、呼吸的可能，而在这些作品内部虚设的时间中，让时间成为故事的生命。这就是一个作家关于时间与死亡的三条河流。生命的自然时间派生出作品的存世时间；作品中的虚设时间获得生命后反作用于作品的生命；而作品的生命，最后才可能让一个作家在年迈之后，面对夕阳，站立高处，可以喃喃自语道：

“生命于我，剩下的时间就是笑着等待死亡的到来。”

关于我不能低头的一点说明

少年时，贪图便宜，渴望捡样东西，总爱低头走路。小学、中学，直到当兵，都爱走在路边，左顾右盼，贼眉鼠眼地瞅瞅看看。也确实不断捡到铅笔、橡皮擦、一分二分的硬币。

有时候能捡到五角或者二元一元。

捡钱从来没有捡到五元以上，命薄如纸，回忆起来觉得辛苦至极，却又收获甚微。值不得。真的值不得！到了当兵之后，有了自我思考，觉得没有财富之命，那就改道仕途去吧。渴望提干，渴望当官，就像渴望萍水相逢一个好的姑娘。而在军营，真想当官，是要谦虚谨慎，言辞虚虚，见了上级，不说毕恭哈腰，也该点头低头。加之长期伏案写作，也是朝文字、文学磕头跪拜，这点着低着，就有了腰病颈病，日日渐深，终于腰间再也不能负力直硬，不能灵动弯转，人走人立，如一杆直棒一样，那腰椎间盘突出的长期病症，已经伴我二十几年；颈椎骨质增生，也已二十余年，时轻时重，疗无显效，就每天在脖子箍一颈托，使它不得随意扭转，顾左看右，更是不能丝毫低头写作，不能低头说话，哪怕见了厅长省长、文豪权贵，稍一低头，就会晕眩转向，想要跌倒。

也就在这二十几年，永远都要直腰说话，抬头走路，连写作也不能丝毫弯腰勾颈。与世事何人，万皆如此，真是难为自己，迫不得已。

今天写下这点寥寥说明，也是一种在这社会与友人中的敬请谅解。

拙人课语

去年年底，每天都在北京的深霾中贱愁贱闷。忽一时，电话响了。是香港科技大学的文学批评家刘剑梅教授的日出询问。问我愿不愿到科大教一学期的写作课，说如果去了是为了这好，为了那好。唯一没有说是为了我好。

看到了光。人生总是在难的时候有新门洞开。我从来觉得，在文学的路上，我不是一个无运的作家。这一如，在我的写作和翻译中，与陈丰女士的相遇，所有外世的一切，都源于她为你掀开的那页。如何能不去呢？一条关在死屋的狗，见着一条门缝也是要试着钻的，何况门扉洞开，怎不有一颗喜逃的心？

香港科大，在香港西贡那儿。香港人觉得远偏如欧洲之于非洲，但对北京来说，就是天安门之于北海。三年前，我和余华先曾到那儿住校两个来月，都感慨那儿的山、那儿的水——一湾海水，蓝到觉得自己身上、心里，总是匿着一层肮脏。还有那儿的人，多少与我们有着类别的不同。不是说他们一定好过我们，而是说，他们更为单纯。谦逊在那儿铺天盖地，像草原的丰绿，田野的硕禾。教授和专家们，都像考试不好的学生。学生们多像早年踢着石子、唱着儿歌去往学堂的童娃。而那时，科大才建校二十余年，在亚洲的排名，却已是前突到了出奇。理工科，科学与理性，那是他们的脊梁，可为了让理科的孩子在成才的路上有更为丰润的人生滑行，他们特意请了刘再复先生在那儿教书授课。

是刘再复在那理工的山脉，垦出了一块文学的地壤。我和余华，都是到那地壤边上站站，摘几颗甜果吃吃的闲手。后来，还有苏童、子建、舒婷、李洱等。还有许多别的作家、诗人，定期到那儿住校走停。让我去那儿教书，我知道不是因为我比别人小说写得更好，而是他们，都身子被拴，脱不开公务家事。再或者，对所谓讲课，总觉得不如自己写作更为愉悦，更可自己。而在我，更不是能讲、善讲，也想讲——我深知我的口拙，对写作多有迟钝谬误。之所以去了，是因为一生中都不知为何，总有一种逃遁的寄望。哪怕是暂时的离开。

也就去了。

为了应对，也就写了这些讲稿。直白、简浅，充满个人的胡扯和拾人牙慧的偷懒。把这说成讲稿，我都有些羞愧。说成是为了应对讲课的扯话，其实更为恰切。这也不是说我真的不够认真，是说我身上只有这点水平。想让我把话说得新鲜、深奥、有学问，实在难为我了。还有那儿的学生，好到喜人，虽都是理科高才，不知为何都有很好的文学悟感。天生？或者因为科大的人文教育？谁知道呢。反正他们爱理喜文，很和内地的学生有着差别，因此对我的常言俗说，也都相当包容。从来都是只与我善言讨论，从不侃侃争论。

我在那儿过得非常快活。起居生活，好到不敢对人言说。天堂能在哪儿呢？天使能在哪儿呢？圣贤、哲人和科学家们，还有我们最常说的与先贤相邻的睦好邻舍，你在那儿都看到了，遇着了，经历着了。于是，不再抱怨人生，不再抱怨世事，也不再抱怨文学。读点儿书，清理一下满脑子的写作乱线，末了完了，重新开始写作，这不正是一种美满吗？《19 世纪写作 12 讲》《20 世纪写作 12 讲》，理过这些谬误的杂乱，也许，小说在你的头脑，就会变得如魔镜般洁净。

别走我们这条路

致创造性写作研究生班的作家们——

同学们、同人们、兄弟姐妹们：

三秋如一日，三夏如一时。

最初就知道你们今天要离开，可真的到了这一天，还是有些意外感。三岁三寒，三寒也三春，到现在似乎该说的都已言尽，又似乎该说的从未说起。这就是同人，这就是师生（哪怕仅仅是一种名义），这就是文学同人间的言不起、意不尽的文学关系。也正是这种关系，让我起意在我们仿佛无话不谈的三年之尾，在我们即将分手的悲喜之间，写这封不言而笔的一些赘言。

我想说的第一点是，在这三年的时间里，老师并非是你们的榜样；

老师们走过的写作之路，也并非是你们应该踏行的前程。

文学从根本上说，它的来路是借鉴与承传并行的双轨，孰多孰少，由作家的文养和秉性而定。于是，创造与传承，便缘此而生。再从根本上说，我不赞成“文学是一门手艺”那句话；因为手艺有太多太多的承传。作家可以自谦，但绝不能真的把自己沦落为木工、瓦工的巧匠艺人。巧匠艺人是越传承越熟练，写作是越写越陌生，越写越敬畏，直至写到相面文学，而不敢落笔，那时才谓之成熟，才谓之大家。

现在，我们都是走在从会到不会、从敢到不敢的路上。都在朝圣的路上等待着神圣到来那一瞬的敬畏与战栗。“作家不是培养出来的，文学院不负责培养作家”那些话，似乎在我们的文化环境和教育中，已经烂熟为一种人所共知的真理。可是，我们谁又能说，数学不需要教育，物理不需要学习呢？谁又能保证学了数学、物理的学生个个都是数学家和物理学家呢？似乎从来没有人要求过，每一个在高等学府读研、读博的文科才子，个个都应该成为理论家、文学史家或者哲学家和历史学家吧！诚然，李白、杜甫、曹雪芹，他们都没有读过大学，但别忘了，那个时代的张衡、祖冲之、沈括们，也并非大学科班。不在异地谈橘枳，也不在异时谈同一事。别以为鲁迅是学医才成了文学家，别以为沈从文是因为湘西的偏野才成了沈从文。我们不能把没条件的教育之成做证据，也不能将有条件的必然做必然。大学不负责培养作家，但不能不负责文学之教育，一如物理专业不负责培养出伟大的物理学家，但不能不负责物理教育样。而文学——尤其我们这样的创造性研究生班的三年教育之实验，恰恰证明了文学在大学教育中的意义和不同。

就意义而言说，即便我们都已是知名作家，但也是缺少许多史识和文学智识的人。我们需要文学教育的醒示、争论和感悟！我们需要补习这一课。这一课往小处说可能就是几本书；往大处说，则是一片水茫茫的思想之海。来到学校补习、讨论、增阅和争论这一课，对我们的年龄、经历和写作，则是更为集中和省时，更能让我们感悟、讨论和争论。尤其人民大学这样的文科之强地，可能比其他学校更适宜对我们缺弱的填充和补缺。这里有令我们见之必敬的各个学科的专家和大家，又有相对灵动、松活的教育灵便性；有支持我们的校领导和文学院，又有如你们兄长、姊妹般的同人老师们，使得我们的创造性写作研究生班，可以成为教育夏日中的一块树荫，冬日寒冷中的一块暖地；使得我们的饭桌和课堂，充满着分歧的争论和讨论的热切。这种讨论和争论，让我们可以在教育非权力强咽的必然之外，各取所需，自去赘余。

其次，你们的到来，创造性研究生班的成立，给文学院和学校那些比你们更年轻的孩子，带来的中文教育那可触可感的文学氛围和气息，这是此前学校少有的，也是难以替代的。就其学校教学而言，我们创造性写作研究生班的更为不同之处，也恰恰是我们这儿的老师即学生，学生亦老师；彼此增补，共同尊重；课堂上没有权力、权威和必然，而只有文学的信任、感悟和怀疑。

我们尊重、感谢每一位为我们的教室和创作带来春意和冬暖的人——文学院的老师，北京内外的作家和学者，以及从国外赶来的作家、理论家和每一位热爱中国文学的翻译家。他们每一个人的文学之言，都是我们的滴水之恩。除了这些恩水的涌泉，我们更为在班里强意力行的，也是我们与众教、众业所不同的地方，是我们立足共树的让你们对老师和老师所言、所著的怀疑和叩问。文学的怀疑和叩问，是文学进步的最重要的脉络。亦步亦趋，是对文学的最大伤害。在这儿，我们可以怀疑鲁迅和曹雪芹，可以不信任托尔斯泰和巴尔扎克，可以以一个名不见经传的作家为旗手，也可以为一篇远未形成共识的小说而呐喊。我们在尊重所有人写作的基础上，怀疑其所获成功的可靠性。古代的、现代的，国内的、国外的，尤其是当代文学的。

在当代文学中，尤其是你们身边老师的写作和言说，则有更为值得怀疑和争论的价值和意义。不在意你们这样怀疑、争论的对和错，而在意你们对“老师非老师”的精神形成和确立。要相信，中国当代文学无论如何都已经成为文学史中的一段波澜和流域；要相信，中国那些为数众多的优秀作家和作品，都是那些流域的航标和坐标。但你们身边的作家、老师和作品，却只是那些流域的浪花和沙砾。他们全部存在的意义，就是陪同着你们怀疑和被怀疑。请你们怀疑阎连科、怀疑刘震云——哪怕震云老师半生的写作给我们留下了一路的经典；请你们与你们的同代老师梁鸿、张悦然、杨庆祥等，一道在同步怀疑中推翻和建立。三年的学习，不在于你们写出了怎样的小说和论文，不在于你们获得了什么样的奖项和影响，而在于你们确立了在文学上的怀疑精神——要勇于怀疑世界，更要勇于怀疑当下的写作。仅仅是文学上的这种怀疑精神，仅仅是开始有了对老师们文学教学与写作上的不信任，我想，这就是一种成功。是一种最大的收获之果；是我们三年相处相习，最大的结晶与成就。

我们要重新认识这四十年来，中国文学在发展中从内容到形式的怀疑与确立，再怀疑和再确立的这一循环路道上的足迹与得失。要面对文学的当下，让这种怀疑从自身的写作开始；从你们身边老师们的——尤其是从怀疑我的写作与追求起步，让我们的写作，成为你们怀疑起脚的踏石与动力。怀疑你们老师们的教学，怀疑你们老师们的写作——我想，这就是我们这个青年作家班三年相处最大的收益，也是与我们其他学科最大的不同。

你们也一定要相信，每一位老师的写作能够成为你们写作中怀疑的对象，那也恰恰是你们对他们的尊重和注目。如果你们首先怀疑的是我和我的写作，我想这是你们毕业后给我的最好的礼物。不走老师和前辈们的文学之路，也才真正是我们这个创造性写作研究生班毕业后最好的前行和主义，一如每一位大作家和每一部大作品，都必然要建立在因为对世界和经典作家及作品怀疑而开始的创造上。

第二点，名利、理想和日子。

同学们、朋友们，有很长时间我都想开诚布公地和你们讨论我生活和写作中的教训和为人，可源于担心有倚老作秀之嫌，一直未能开口谈起。今天，你们有的要走了，有的虽然还在，却最终也要走在离校远行的大路上。非常有可能，此一聚散，我们将终生不能再有今天相聚的场面。也因此，我想说说我写作中的教训和为人，务请你们，不要再走我走过的写作之路。

大家都知道，我这一代作家，几乎都是为了饥饿、进城和个人命运而开始读书和写作的，起点之低，真是低到了尘埃里去；之所以今天可以成名成家，其实有赖于个人奋斗的名利之心。而真正让文学成为相对纯正的理想，那在我，比起同代人，要晚上很多年。也因此，在这儿请允许我苦言直道，务请你们将名利之心，如果可能的话，尽早、尽多地从头脑中搬移到另外一个地方去。万不可如我一样，三十岁、四十岁到了五十岁，乃至今天，都还不能完全排除名利对写作的伤害。

如果一个作家，一生都为名利而写，那倒也单纯并易于理解了，如我们理解一个商人一生为牟利而努力。而问题就出在这儿，我们是一群有理想而又不能放下名利的人。名利成为我们生活、生存的条件，可它也成为理想的枷锁，约束着我们不能成为单纯、可爱的名利之徒。所谓文人的酸腐，说白了就源于名利与理想的争斗和纠缠，乃至于千古不息的文人嫉妒，也都缘此而生、而绵延。我们的悲剧，就在于我们的内心有不息的理想。我们那一点点的不同与可敬，也源于在世俗、混乱，乃至于在龌龊、肮脏的现实中，我们还有这一点点的理想。

而说到理想，这个听起来貌似高尚的东西，它在我也并非如大家想象的带有责任与良知的光环。从内心里去说，我厌烦人们说我有责任心和良知那样的话。我的一切，皆源于一种为人之本能。诚实而言，我从未认真去想过一个作家的责任应该是方的或圆的，是箭形或弹形。我一切的努力，都源于生活而起，源于生活而行；源于阅读而笔，源于思悟而作。我从不以为我是中国的好作家，乃至于不是一个称职作家。我的写作距离现实、社会、时代都太近、太紧贴。正如一个要跳上桌子的人，因为离桌子太近而无法一跃而起样；如一个登山爬高的人，把梯根紧紧地竖在了山根下，当你爬上梯子时，那梯子会因为太近而不稳，会使你爬得愈高愈危险，跌落的可能就会愈大愈惨烈。

我的教训是，我和现实的矛盾有太深的隔阂，以致使疑虑与不安，成了我写作最重要的动力和阻力。清楚地知道人的黑暗在哪儿，又不能像鲁迅在《野草》中优雅地一跃，把自己融进黑暗里，并让自己睁开盯着黑暗的眼，从渊黑中发出两束光芒来。哪怕是微弱的可以逾越黑暗的幽蓝的光。而我自己，人在黑暗，心在黑暗，抱怨太多，幽叹过重，甚至我都觉得我的小说中有种怨妇气，太缺少了超越和明亮。

一方面在写作中注视黑暗，另一方面又在生活中逃避黑暗；在生活中渴望温暖、光明和舒适，逃避承担和责任，从而使自己成了一个生活和文学中都相当犹豫、懦弱的人。是这样——懦弱而知道自己之懦弱，并且没有能力去强壮这懦弱，这就形成了自己写作的巨大羁绊和怪圈。既没有能力踢开羁绊走出去，也没有能力从怪圈里彻底退回来。这致使我的写作多少年都是踏步的、不前的，乃至为重复唠叨的。因为这样我才说，请大家千万不要走我走过的路。要么超越，要么混沌，清醒的困惑又不能让这种困惑走进文学里，这使得一个人的生活和写作，都有进不得、退不得的滞涩和两难。

要相信，我们与生俱来是为了好好地活着，而不是一出生就为了好好地写作；要相信，我们选择了文学，是为了终生更好地活着，让我们的内心、灵魂变得更为透明和清澈，而非更为犹豫和混浊。可现实，现实恰恰需要我们的是犹豫、是混浊，而非童心的简单和清澈。所以我们（尤其我）变得懦弱并困惑。文学的灵魂变得暧昧和浑浊。精神就像深水中的草，灵魂总是被杂草羁绊和纠缠。从现实和写作经验来看，与其让灵魂在深水杂草中纠缠和腐烂，倒不如让它留在岸上超越和度化。在这儿，我想到了庄子和陶渊明的好。这种逍遥的超越和出行，有时候更是文学的本源和长远。

现实是一堵墙，寻找墙上的裂隙总比撞墙好。

人心是一口井，有方法地下井去丈量水的深度，比直接跳进水里好。要相信，这样做不是苟且和敷衍，而是另一种真正的艺术和智慧。任何人没有权利指责一个以写作为生存的人。我们也不能以良知的名誉去评判所有的写作和作品。

一个作家，只要在写作中抵达了他的内心，哪怕那颗内心是格尔高尔的茫然和空白，那他也是真实的、伟大的。我们不为别人而写作，我们只为我们自己。事实上，一切的写作，都是首先为了自己的；而我们所犯的错，恰恰是几十年来我们都以为写作是为了别的人，为了他人、他事和他物。这是一个误会！要大胆地承认我们的写作是为了完成“我”的那个人。为了我们的喜好、尊严和内心。只有这样，文学才会起于真并落于真。伟大的文学作品，其中都深刻地暗含着一个作家“我”的存在。作品中没有“我”的存在，就没有灵魂的存在。没有灵魂的存在，自然也难有艺术的存在。我之思，我之悟，我之立场与不安，我之追求和怀疑。在鲁迅的小说中，我们正是读出了那个作家“我”——鲁迅灵魂的鲜明存在才读到了他的作品伟大的。而十九或二十世纪那些伟大的作家和作品，无不让我们读出一个清晰、鲜明的作家“我”的存在。而我们当代文学，尤其是我的写作，其中的那个“我”，实在是太为模糊了，太过隐含了，太为微小了。所以说，我希望大家不要像我那样去写作。要在自己的作品中大胆而富于才情地去塑造、创造一个“我”，去丰富复杂、饱满那个“我”——作为文学家的“我”。

说到作品中的那个“我”，就说到我的为人了。我不希望大家像我一样生活和写作。我认为我的生活和写作，太僵直生硬了，太无趣呆板了，甚至有些时候在生活中也太剑拔弩张、横眉竖目了。人活着不该像我这样儿。作家也不该都像屈原那样儿。我们正处在一个在全世界独一无二的，文学资源丰富到使人愕然、惊诧的社会环境里，就像《一千零一夜》中那个只需要几枚铜钱而却遇上了满地金币和珠宝的人。芝麻开门是一种悲剧，而非喜剧和正剧。可现在，现实确实已经“芝麻开门”了。满足人的各种欲望的金币和珠宝，山一样堆在我们面前了，不弯腰一拾是不可能的事；不弯腰也违背了人和写作的最初之目的。而弯腰捡什么、捡多少，则成了今天对作家最嘲讽的考验。所以说，请大家务必不要如我一样年轻时贪心过重，欲念时起，而到了今天，又因种种原因，面对众多的读者，写作勤奋，又几乎完全成为“挣不到稿费”的人。

你们一定要生活在现实中。

女作家要做能为自己“买得起衣服、首饰和化妆品”的人，做能为男友和丈夫买漂亮衣服和围巾的人。男作家一定要立志买车和买房。这不是什么世俗和庸常，这是一个人的常念或正念。好好活着，过好日子，这是一个作家的必需，就像我们提笔写作时，需要钢笔和墨水一样。世界上没有爱妻子的丈夫不希望妻子、儿女们健康和自由。挣钱、获利、名声，这些都是作家必须面对的，应该适度努力的。但之所以作家为作家，文学为文学，就是我们知道适可而止的点在哪儿；知道当停则停，当止则止。而不要如我样，当停未停、不当止时却止了。

芝麻开门的山洞大门很快就会关上的。那些算好妻子、儿女和日子需要多少金币就拿多少的人，会恰好在关门之前跑出来；而那些抢、捡、背、拿过多的人，会在山洞关门之后留在山洞里。

我可能就是那个被关在山洞里的人。曾多年为了进城而写作，为了名利而努力。致使今天想来，我都为自己在最好的年华“以梦为马”的努力、行为感到可笑和懊悔。所以说，我希望你们不要和我一样，既不要因为理想去做以梦为马的不可能的事，也不要背负过多的“金币的光芒”而走不出山洞来。

还是那句话，女作家一定要做仅凭自己的口袋，就可以随意购物的人——这不是钱，是作为真正女性的根基，是作为女作家最基本的尊严。男作家，一定要为买房、买车而努力——这不是世俗和庸俗，是我们处在今天中国式的社会现实中，要为自己有一个可容身、可喘息，可关门思考和握笔的书房而努力。但当这些都已实现时，那就当止则止地把欲念停在刚刚迈出去的脚步上，记起自己的文学理想是什么，记起我们是曾经把理想和生命承诺交给文学的人。

初念不可忘，欲心不可执。记住那些得道成佛的人，都是最会感悟念止的人。

最后，我想老生常谈几句酸腐、风险，总是被人嘲笑的话，那就是无论在什么情况下，大家都要对阅读和写作坚持、坚持，再坚持。我相信大家会和朋友分手，但不会和文学分手；会和妻子离婚，但不会和写作离婚。和写作的不离不弃，如一个信徒总是和信仰在一起。不离不弃不是写作的起点和终点，而是人生和文学最艰难的中途。

在这个不离不弃的过程中，我们要始终保有一个作家的高孤心。我不希望每一个作家都是清高之人。不希望“清贫”“孤独”成为文学的代名词。不要忘记托尔斯泰曾经的富有，如果他没有那样富有和贵族气，我们将很难理解托尔斯泰如何去写作；不要忘记陀思妥耶夫斯基一天到晚进出赌场的脚步声；不要忘记巴尔扎克身上的那颗于连心。在二十世纪几乎所有有成就的作家，都是最终日子过得不错的人。即使卡夫卡作为一个小职员，也是吃不愁、穿不忧的人。要求作家孤独、清贫是对写作的不解和偏见，更何况我们今天所处的时代，是如此的喧嚣和丰富。而作家，从本质上说，不仅是人，而且还可能是一个相当世俗、世故的人。尤其我们所熟悉的那些优秀小说家，他们对世界、世事心明如镜，就仿佛一个人熟悉自己的手指、脚趾样。这样说，并不是说一定要作家世俗和庸俗，不入世和庸俗，就写不出好的小说来。而是说，作家要在世俗中保有那么一点高孤心。一清高孤，胜万两黄金。这种说法有些夸张和不着边际，但可显见人们对文人高孤的要求和寄望。

大家都知道，坊间有个非常流行的说法，说张爱玲在上海参加中华人民共和国成立后的第一届文代会，到会上见到几乎所有的作家都穿深黑色的中山装，只有她一个人穿粉色花旗袍。因此就在这一瞬间，她知道时代是真的变化了，属于她的时代结束了。于是文代会后，她就离开上海到了香港去，直至老死在美国洛杉矶，都没有再回到孕育她和她的文学的土地上来。毫无疑问，这个坊间的传说已经真假难辨，无据可考，甚至更多的成分是在美化、神化张爱玲。但从这则传说中，却让我们能更真实地看到张爱玲那颗高孤心，看到了人们对文人高孤的渴望和敬重。

高孤是一种精神的洁净和自塑，是一种立场的坚定和守持，而不是傲气和俯瞰。如果一定要求作家在当下有所立场和作为的话，我说一句话，那就是作家保有一点文学的高孤心，且把这点文学的高孤保有到你的中年和老年，保有到你写作止笔的最后那一刻。直到有一天，你们必然如我样——我也必然会如前辈作家样，都在必然的一天躺在医院的病床上，我们能共同说出那样一句话：

“亲爱的文学，你以为我一生的努力无愧于你了，那就让我来生还和你在一起！”

当然，我们还可以说出很多别的话，比如“文学，我爱你”，比如“该写的我都已写过了，我无憾我的人生了”，如此等等。虽然酸腐和可笑，但这里却有我们对文学的挚爱和视文学为信仰的神圣、高孤在里边。因为命运决定我们在座的每一位，都可能将会终生从事写作这职业，那就让我们终生保有一丝文学的高孤心，终生保有一点作家的尊严在我们的写作和生活里……

同学们、兄弟姐妹们——信如长卷，万语千言，杂杂沓沓，我写得凌乱而啰唆。可似乎还有很多话没有讲出来。没有讲出来，也不得不收笔止言了。因为信已经不短。因为我们说话的机会不会就此中断。在这封信的最后，最后的最后，我要说的是，当你们离开学校再回到北京来，从哪儿到人民大学来，请记住人民大学已经成为你们的母校，如一座刻写着岁月的建筑，起立在你家的那块土地上。而那里的老师和你们的师弟、师妹们——老师可以不是你们的老师，但永远都是你们的兄长、姐妹和同人；那些师弟、师妹，不仅是你们的师弟和师妹，而且永远都是你们的师弟和师妹。务请你们记住到了北京给他们打电话，务请你们到了学校让他们请你们吃顿饭。尤其在你们往后的人生过程中，遇到烦乱和苦恼了，试着给他们打个电话问一问，看他们中间的谁，能不能为你们做些什么事。

还当然，有一天你们成为伟大作家了，因为什么意外飞黄腾达了，也请记住，一定要让你的老师和同学的名字，都永远留在你们手机中的通讯录里边。

| 辑三 |

所有的来路和去处

清水湾纪事

清水湾纪事

——《清水湾纪事》之一

世界是相异相悖的。

北京很夸张地把湖称为海，不知是见识所致，还是狂傲的结果。“帝都”吧，也许是应该的。云南那儿，那么巨大的湖，竟就叫为池，相比北京就真有些边陲仆从的感觉了。而港岛的东陲西贡这儿，有一地方叫作“清水湾”，以中文和中原的世俗文化去理解，清水湾既是一地名所赐，那就一定源于一条河流的弯道和弯道所箍围的村落，自然也是潺潺水澈，袅袅烟青，如同一首淡诗，或是一篇富有韵致的散文吧。

然而间，清水湾并没有那河水的湾流和炊烟。原来在山上——原来香港是岛也是山；原来世上的岛屿都是山；原来世上所有的岛山都是被海裂从地下挤压出来的肿岩而被时间拂抚为世间杂乱、闹垢中的一点点的洁净和圣清——原来中国香港也是这样——可现在，香港已经不是这样了。而落寞在西贡山上的清水湾，现在却还持重禀赋，无瑕玉守成这样儿。在一片岛山云雾里，匿藏了中国香港固有村屋中的“丁户房”和山脉间的筋道与人烟。那房无所谓好，也无所谓丑；更无所谓现代、传统和落伍。它就那么方方正正，半高不高，千篇一律地守着它的颜色、模样和岁月，承继着自己的记忆与文化。九龙、港岛那里的繁闹是在它的窗眼下面开始的。整个香港云空中的摩楼、飞机和百余年的建设、纷争、怒斗与潜吵，也都被它完整地收拾、摆放在了它的记忆里，如同一位百岁的老人，整齐地收藏在他的杂物箱中的旧发卡和废锅勺。时间在它就像无始无终的海；记忆在它就是海里的点点岛屿和礁石。时间比记忆长到无法说，一如海水比起岛屿大到无法说。可是那又怎样呢？虽然你生了我，而我依着你的嘱托，默默地守着和活着，持之以恒地记忆着，当你需要人类的物是物非、人是人非时，不是还要到我的百宝箱中去翻找、取用和挪拿吗？

我活着，就是为了记忆。

被遗落，则是为了更好地记忆和证明。

当记忆丰满、久远到如同一座岛屿上四季不衰的翠青时，我就长生了，如同海水、山脉、时间、星辰、云流和土地。清水湾就是这么去想的，也是这么去做的。这么守在繁闹香港西贡边远的山皱里，如被时间在人稀处设置在荒芜间的路标和岁月中桩钉不锈的钉子样。取名清水湾，并不依着一条四季不息的河，也不取悦于一首诗或者一章文，而是那么散散撒撒，坐落下来的一处处的村屋和一丁户又一丁户的老房子——大家都一概环湾赋形，依光走向，面对着阔大云连、水碧云澈的海。原来村村户户竟都拥有一片这样的海。原来清水湾间的村屋丁户们，竟都坐落在一湾碧澈的海边和山间的林木里。因为这样它们才叫了清水湾。一湾儿海水和海水中错落有致的一个又一个的岛，都是它们时间的永存和常翻常新、永远翻掀不尽的老挂历。有海不说海，如同北京和云南，是湖不说湖。但它们把自己拥有的大海谦为一湾时，却没有滇池那种卑气和仆从心，也没有北京的北海那样称谓的狂傲和虚浮心。如此我就想，“湾”是一种态度、性情和人格力；“清”是一种守持、禀赋和魂灵性；而“水”，就是常人、常心，那我与谁都一样的普罗大众了。

真是一个好名字。好心性、好守持和好灵魂。

从二〇一五年到了这儿后，朋友和同人就使我心遂所愿地每年都到这儿来，如朝圣的人每年都到西藏去，都到耶路撒冷的圣山与圣墙的下面样。然后呢，清水湾就不再是一个名字了，而成了一个人的人生和心系之地了，如同一个农人终于认定深山中的一棵树，它不是一棵树，而是一棵神树样。

语言，勒在脖子上的绳索

——《清水湾纪事》之二

每个人活着都有勒着他脖子的绳索。

每个人都被绳索勒着而生活、而活着。

有的人的绳索是饥饿；有的绳索是疾病；有的人，他的绳索是心已死了，可肉身却不能离开这尘埃大世界；还有的人，活得自在而快活，好像没有绳索样，可那快活与自在，又总是不能到达欲极的地方去，因此乐而生悲，那快活和自在，也就成了他生命的一道绳索了。

我的绳索是语言。无缘无故地想要背叛母语，是我生活和写作的最大疾症和吸引力，如同患有重症的人，活着就是为了和疾病争斗样。

在我的生活和写作里，我最崇敬的人是除了母语还能使用一门、几门外语的人。有一次，看到美国有个六七岁的小姑娘，能说英语、法语、德语和中文，我简直在她家惊得如看见了巴别塔和爬上巴别塔的梯子般。又一次，我和妻子从捷克回北京，在比利时转机时，因为大雾不能起飞，所有客人都被送到宾馆去候机。源于起飞时间茫然而无定，机场工作人员让大家都在宾馆房间开着电视机，何时起飞，会用英文在电视屏幕上预告和通知。而我们，因为只字不识，就轮流值班，不断地到候机大厅的柜台去查看和询问，每见到一个说中文的国航人员，就如同见到了爹娘样。就这样，在那儿四十四个小时没睡觉，终于遇了语言相通的一个国航服务员，帮我们悄悄改签机票，又帮我们带至一班国航的飞机上。还一次，再一次，还又再一次——每次离开母语的土地，我都会有一种弃离绳索的轻松感，而同时又背负着更为沉重的语言绳索，并被绳索把脖子勒得更紧、更急、更有那喊叫不出的将要窒息而亡的呼救声，像恶痰一样噎在我的喉咙里。

有时候，当不能言语、说话、表白的窒息到来时，我把手放在脖子上，能摸到被语言的绳勒留下的青痕和将会因胀憋而亡的突起的眼珠和肿脸上的青颜色。我常想，我是一个在语言两岸偷渡的人。想要背离这一岸，而另外一岸在哪儿，却又不知，却又怅然，却又眼前除了黑暗就是黑暗和黑暗。也常想，努力学习一门语言去，可拿起英语看图识字的小册时，就想有着这时间，还不如坐下写一部小说呢。这时候，母语的亲切就像母亲站在村头等待出家的儿子回来般。

时间就是这样过去了。

岁月就是这样过去了。一年和两年，十年、二十年，也就这样拖拖沓沓、急急切切过去了。现在除了“还不如坐下写一部小说”的理由外，还又多出的一个理由是：“都已经到了这个年龄啦。”

总之说，一个人要做语言两岸、三岸间的泅徒是他自选的，没有人逼迫和追赶他，一如一个人是选择沉默还是“宁鸣而死、不默而生”

的态度样。母语是温暖的，阔大深厚，足够一个人终生浮游、畅仰、伸舒或躺坐，可就是，我总有一种渴望对它的背叛和离弃。总觉得，《红楼梦》的好，也是因为曹雪芹有那种对母语渴望弃离的背叛感。今天读唐诗与宋词，我读到的都是诗人们对母语的弃离和背叛。甚至连鲁迅、沈从文、孙犁乃至汪曾祺的写作，我都误以为是因为人家对母语的背叛才有了今日之结果。哪怕是沈从文和汪曾祺们明明是回归，我也以为是明明背叛。这样儿，当一个人注定是语言的逆子时，其实母亲的呢喃之音，在他可能也是要离家出走的不安了。

一个人能坚定地背叛母语，从根本上说和勇气无关，那是一种才华。

而我自己在语言死海中的泅游，既不源于胆略和力量，更不源于什么天赋与才情。我是一个毫无语言才情可谈的人。明知无力泅渡到语言的对岸去，但却源于对背叛的渴望，还是要朝着无边的黑暗游过去。其结果，是岸上的人都看得清楚的。所以，在香港，在清水湾的科技大学里，在我不光是这儿的水好和山好，人好和人的学识好，而更是这儿是一个世界语言的混杂区。是世界上所有语言的桥头堡和栖息地，普通话、粤语、闽语及英、法、德、西班牙和阿拉伯语，乃至世界上很少有人使用的几乎少到只有百万人言说的民族语言和方言，在这儿也都可以找到一条语言的缝隙，使得每一个人在黑暗、陌生的语言中，都可以呼吸和交流，不至于因为要背叛语言而在泗海中真的死在语言的海水里。有了这一语言的缝隙地，人就可以呼吸了。可以既是不扯下勒在脖子上语言的绳索，也可以在松动里活着去思索，去想念，去写作。去重新审视这种对母语背叛的可能和不可能，意义和无意义。即便有一天，死心塌地地回归到语言的母岸上，也才能更深地体味回归里的背叛性。

在这儿，似乎说的是生活上的语言和写作上的语言两桩事，可在我，这完全是一桩事情，如一枚钱币的两面样，缺了任何一面，那钱币就不再是一枚钱币了。所以说，有了清水湾这一生活语言的桥头堡，我从语言背叛的泅海之中爬将上来时，方才知道回归是更深层的背叛那道理。那么着，我就知道我在写作中对母语恶意背叛的缘由、道理和未来必须背叛的可能与不可能。

爱之愈深、恨之愈切与恨之愈切、爱之更深这情感，就是语言勒在我脖子上留下的肿块、结痂和瘀紫吧。

有人是这样感受香港的

——《清水湾纪事》之三

有人是这样感受香港的——我母亲。

母亲八十三岁来了香港，和一个人在八十三岁当了总统样。坐飞机、坐轮椅，每一个台阶都要有人搀扶着。在农村老家时，她还种菜、做饭、喂鸡鸭，忙碌完了后，主要的文化娱乐是伺候麻将桌。打一冬天的麻将牌，每天都输一年输不到五百元，每天都赢赢不过三百元。现在物价都涨了，这个价格的红线也被她们突破了。可为打麻将搬桌、扫院、烧水、摆凳、整牌的劳动是很稳定的，和最高级钟表的针摆样。

去年母亲不想再侍奉麻将了，提出说我应该侍奉侍奉她，我就把母亲和大姐、二姐接到香港来。从深圳入关时，母亲发现原来入关出境是这样的——和检查小偷样；从港岛过来时，母亲发现香港的楼房是这样的——和插在筷篓的一把筷子样；见到大海时，母亲发现大海是这样的——“啊！原来世界上还有这么多的水！！”这后一个发现是十五年前母亲被检查出了身上有恶症，我和妻子紧张、忙碌、不安了一个月，最后又被医院证明是误诊，我们一家喜而落泪，为了补救什么，就上午出院，下午买机票带着母亲飞海口，去三亚，到深圳，最后从广州回到中原那个一个点似的村落里。那次母亲见到大海是在三亚，我们住在海边的房子里，我带着母亲去看海时，她愕然地立在海边上，脸上不解的表情如看见了一座金山样：

“啊！原来世界上有这么多的水！！”

这是母亲第一次见到大海时的感叹和感悟。而这次，到香港见到大海时，母亲已经是早就见过世面、见过海的人，不惊乍、不愕然、不慌忙，只是平静地笑着看看我那愕然、喜悦的两个姐，对我说应该坐船让我两个姐姐到海上转一转。

在我们家，母亲的话和中央的文件样。母亲发了圣旨后，我就应该如落实政策一样去执行。于是就给姐姐（主要还是母亲）安排了很详细、科学的旅游线路图，使母亲感到这次极度奢华的远游是为了姐姐们，她只是陪同而已吧。为了让姐姐们（不能说是为了母亲，她会不高兴）对香港的感受一步一脚印，得寸进尺、步步为营，最后取得圆满、丰硕的成果和收获。我们有方法、有步骤地先九龙、后港岛、再是迪士尼乐园和海洋公园等，而后从西贡，一家人破费租船再来个海岛行。我们吃香港最好的路边店；为了饱眼福去看海港城中最昂贵的衣服和手表，还特意到中环去行踏那通往半山的最长、最长的不用花钱买票的通山梯，就这样走马观花，又细致入微；挥霍无度，又斤斤计较地把自由行的七天时间慷慷慨慨留给香港了。最后总结这次香港行的经验感受时，我们一家坐在饭桌上，母亲硬要姐姐们说出感受来，姐姐们唯一的总结和概括，就是一脸的笑和又一脸的笑。

而母亲的总结就不一样了。含蓄、准确、诗意，而且洗练到如用法律的字眼去总结人生样。

我说：“妈，你说香港好不好？”

母亲道：“让你姐姐们说。”

我说：“她们是她们，你是你。”

母亲道：“要知道好不好，你得带我们去台湾走一走，一比就知道香港好不好。”

我答应一定带母亲和姐姐们去台湾走一走，以此来比较、判断和评价香港的好不好。就这么，七天时间如鸡啄米样转眼而逝了。在离开香港的前一夜，我和姐姐们陪母亲又到科技大学山下的海边上，依着石栏，面向大海，月光在海面上像银子洒在麦场上，涛浪声扑来退去，像饥饿时所有的人都在用筷子敲着碗。还有岛岸上的杂树林，在海边之月下，如与海水喃喃地说着和唱着，有时像吵架，有时像欢呼。就这时，我母亲如佛禅悟道一样感受到真理了，抓住世界最为重要的道和禅的原则了。

母亲说："天堂也不过就是香港这样吧。"

母亲说："世界上一定没有神。有神了神就不会让世界上的这儿没水喝，那儿的水都多成海。"

母亲说："不一定真的去台湾。聪明人去了这儿就能想出那儿是啥样子了。"

母亲还和我说了很多话，诸如对我说那么多人对你好，你千万也要对人家好。说香港这儿咋会有个母亲节，说我的朋友们在母亲节里没有给人家的母亲过节日，会专门为她破费过节日；还说我老家河南那儿脏死了，香港这儿夏天人睡在露天的外边也不脏。最后母亲和姐姐们走了后，我从母亲对香港的感受里，发现我母亲是个哲学家，像康德样一辈子脚守一地就能概括天下的物是和人非，每说出的一句话，都和真理的距离只有几寸远，就是近视眼不戴镜子也能从我母亲的话里看到真理的高矮和胖瘦，美丑和俊丽。

别味浓郁

——《清水湾纪事》之四

没想到在清水湾的科大教书，会从热爱写作的学生中间产生一本小说集，一如除了自己的写作，从未想到会去教人写作样。世事总是在不料中生发和堆积。世界就是从不料中开始，也将在不料中结束吧。没有料到我在命运的路口，中国人民大学的同人、贤人，会在我犹豫彷徨的困惑间，为我打开一道光亮的门扉，让我如期而至，成为一名所谓的老师。因此，我内心惶惶，终日愧愧，羞惭感从未自内心减缓和消退。然而间，世界就这样，命运也就这样儿。犹如将错就错，一错再错般，就又在人大做起了创造性写作的研究生班，使那些才华杰俊的青年作家，都可以聚在中关村 59 号的大学校园里，日日地谈论文学、纯粹人生。我知道我很少教给他们什么。我也知道我从他们身上得到了许多许多。所谓的作家，其实就是特别知道怎样从他人、他物和世界上摄取什么的一个行当。于是，三错四错，误上加误，我又被香港的科技大学聘为“冼为坚客座文化教授”——教授写作。香港西贡，名为清水湾的这个地方，依山傍水，湾海碧涛，天空、老师和学生，都好到无以言说。因为博学中西的刘再复先生，连续几年在这里耕作人文，尤其是文学与写作，所以，我到这儿，也就是去他的垦田里观光摘果，尽享其成。如同到了季节，种植的人因故走了，而我到这儿来替他人收获，却把所有的果子都收获到了自己的家里样。

三十几个正式的学生，本来就是科技大学最好、最正的文根生源，加上旁听的又有三十余人，那些科大和科大之外香港他校的他生他人，少则年仅二十，老则七十余岁，每周、每周，大家相聚相悦，谈论文学，尝试写作，共同读书，相互品评。他们中间，多为香港的孩子，余皆为内地考生，读本读研，再或读博，是彼此而又没有彼此的同笔同宿，如同一块文学乌托邦的桃源圣地。在一个季节——一个学期之后，这些完全理工科的杰俊青年，把所谓“作业”的每人一篇小说交上之后，尽管可以从中读出许多写作的嫩点和稚处，可也还是让我对许多好的小说之篇什，愕然到了难料，惊诧到了无言。不能相信，也不敢相信，他们中间竟有多人多篇，写得老到纯熟，模样端正到让人难以正视。其故事无论是取材于香港社会的热事冷情，还是内地文化与香港人的不解相撞，再或写港外人生、海边点滴，现实的生存、远古的悠思，甚或为白云剑侠、动物植物，青春成长或两性不解，那故事构置、讲述之道、文笔语言和作品之思，都令人意外，别味浓郁。由此想到，此前多年根深蒂固到脑里的大家对理工生的人文偏见，于是，就有了那种无知的羞惭生升上来，如同认错了人后的自愧和歉疚，也如同以为陌生，却原是亲缘的熟知而使自己有着不退的喜悦。没有内外，不分彼此，就那么内心欢愉地编了这本《半笔海水——香港大学生小说选》，试着给出版社的编辑读读看看，没料到也就得到了他们及其他同人的中肯与认同，使得在港大学生的文学创作，首次与内地读者有了交流互感的机会；有了彼此阅读的信任、了解和鼓励；有了大家可以以文学的名义，在华语之下，共同的谈论与写作。

为此，更要深深地感谢，香港科技大学和其他在港大学生对华文写作执着的爱！

贱杨或生活在别处

——《清水湾纪事》之五

《生活在别处》——昆德拉的小说名。看过的小说内容都已模糊了，但这个书名却如路标一样竖在记忆里，一如“人类一思考，上帝就发笑”的那句话。可是再一想，人类不思考，上帝会不会哭泣呢？

生活在别处，如果是一种被迫如流放、流亡和蹲监，那么别处的生活，一定如穿过呼吸的西伯利亚的风。但倘若是选择，哪怕是对流亡的一种自愿之自选，那也就有了另外的自由、自在与逍遥。甚或是一种大自在和大逍遥。我当然是后者中的一点小自在和小自得，一如一只蚂蚁得到了一粒米或半粒米那种巨大的收获感，只有那只蚂蚁可以体味和感悟。而我们——人类即便对它有一种嘲笑和讥讽，那在蚂蚁听来，也都是一种音乐和颂歌。我在清水湾的日子和生活，其实正是一只蚂蚁刚刚一出门就碰到了一粒米，那心情，除了蚂蚁我，再也无人能够真正体会与感受。实在说，我是将我在香港科技大学的生活视为一种疗养与度假，一如人在疗养院，休息，储蓄革命之本钱，而在我，就是除枝养干、置心愉悦了。

所谓除枝，就是除却生活的枝蔓，留下生活中最重要的枝干，让所有的精力都集中在写作上，使那仅有的精力不负季节就行了。所谓养心，就是让心置懒处，少思杂事，少闻闲传，每天想一点自己要想的——比如小说。这样人和生活就变得简单利索，一如中国北方的箭杨样，把所有的用力都集中在主干的笔直蹿空上，不需要如柳树、槐树、泡桐、楝树、皂角般，必须根深叶茂才能支撑起那巨大的树冠和树荫。自己着实没有那能力，所以每每见到有巨大树冠的树，就顿生一种敬仰来，恨不得站在那儿朝树们鞠躬和敬礼。而见到一棵简单、直接上行的箭杨树，哪怕是夏天，它几乎无一席阴凉，我也会为它窃喜和鼓掌。因为它知道自己无有庇护他人酷热之能力，那就高高地上去为自己顶着一点儿烈日就行了。自私是为自私些，但没伤害他人、他树，这已经不易了。

我就是那样一棵箭杨或说是贱杨。样子直挺，其实虚质，并不为什么房梁栋材，盖房子、做家具，都无甚大用，只是说起来也是一棵树木而已。或者说，我连一棵贱杨也不是，只不过是荒山上的一枝野荆棵，只是为希望自己成为一棵箭杨、贱杨而努力。于是间，就借了同人的错爱和偏爱，到了清水湾的这儿来，住在海边谁见了都因“大好”吓一跳的房子里，把写字桌拉到阳台边，以看海的名义在写作，又以写作的名义在看海。目视碧蓝，一群岛屿，写累了到阳台上面对大海扩扩胸。然后呢……然后也就中午了。然后也就一天一天过去了。到超市里买买菜，到厨房里做些最简单又似乎味道相当不错的饭和菜，如此时复一日、日复一时，到晚间的饭后里，同朋友到海边操场上漫步或快走，汗浸汗湿后回来洗个澡，躺到床上一刻钟，也就梦幻一般睡着了。

第二天依然这样儿。

第三天还是这样儿。

生活简简单单，如永听不厌的一首口水歌。买菜做饭，看书写作，从卧室到海边，从海边到教室，山上山下，下山上山，目海而视，绕海而行，十天半月，乃至一月月半，都可以在这个坐落在山坡海边的校园里走走停停，待待站站，如同一生的努力，就是为了过上这种闲散发呆、写作看书、不闻不问他事、世事的简单生活样。

这么着，现在已经过上了。让慵懒成了一种理想，并为实现了这种理想而自得。这也确真像是一棵贱杨树，从来不为他人生成树冠、树荫而努力，等自顾自地长高后，再为自己比他树高了一头半头而得意。我就是这样一棵贱杨吧。身高材虚，质浮而无用，但却为贱杨而自得。所以说，也才不会为“别处的生活”而苦恼，反为“生活在别处”而感到轻松和自在，如因叛逆而出走成功的孩子样，背对村落与家庭，面对空旷的荒野阔步地走着并唱着。

远藤先生，你好吗？

——给远藤周作的一封信

远藤先生：

你好吗？我这样叫你没有什么不敬吧？你大约知道，中国人是因为敬而直呼其姓，并随称其为先生的。如我们今天称谓鲁迅多为鲁迅先生样。

远藤先生，我知道你生于一九二三年的东京巢鸭，七十三岁的你在一九九六年得圆而逝。是肾脏病夺去了你的生命，也是肾脏病圆满了你的人生。从随手翻阅的资料中知道，你曾留学法国，也曾在年幼之时，随父同母，到中国的大连历经七年之童期。也还片片断断，知你一些别的景境情况，比如一生多病、笃信天主，等等。可这些对我都不重要。因为我对自己的过去，都束而搁之，不甚关心。所以，也不甚关心另外一个作家的生平经历。至今没有读完过一本完整的作家和艺术家的传记。而其他伟大的政治家的生平记事，拿起书就总有一种生吞粗粮感。深知己之狭隘，也是为了一丝写作的清守。这如同有了鸡蛋，再关心母鸡的生平家世，便为多余之事了。因为这样，我把对你所念所感的一切，只停留在文学的范围，乃至于，只停留在《沉默》与《深河》这两本书上。生怕多读多知，会毁了已有的感受留念。文学的印记，一当存储，便如春暖而花开。而一棵草芥为了来年的活色泛绿，所付出的冬季濒死的劳苦，他人他物，是多都不予关心的。我大约也是这样的一类。只待见春日地绿，并不纠结草芥为了来年的生死痛苦。所以，在中国相当迟到的数年之前，读了《深河》，又读了《沉默》，对你和这两本书的深沉记忆，犹如佛塔般建立起来了。痛苦美好的感受，如同深埋在地下的白云，真的是生怕稍一触碰，美就气散而失。对于一个同为写作者的读者，我深知一字一词所藏匿的晶莹之脆，进一步的触摸，将是多大的危险。而当一本、两本小说在头脑中已经建立起光耀的佛塔后，那么，最好的使佛塔不倒的方法，就是不读或慎读这位作家别的作品和其生平传记。我是这样来保护我头脑中每一位作家的佛塔记忆的。一如担心黑暗，就永远停留在光明之中。人类之所以要发明电的光照，也多少隐含了这层道理。

格雷厄姆·格林让我深尝了塔倒的心酸。《权力与荣耀》直立而起的伟大的神位，也轻易就被他其他草率的写作所击碎。想到塞林格为一本《麦田守望者》有序有算的神秘匿躲，也便有着会心的讪意之笑了。而胡安·鲁尔福写完《佩德罗·巴拉莫》的决绝息笔，哪怕他为了搁笔吞咽过烦恼的苦果，他也终还是行尽了天意的安排。来之神赐的杰作，对于任何一个受困于天赋的作家，都必然不会太多。可是，又有谁不是受困于天赋的作家呢？上帝是人世最为忙碌的无形者，他确实没有能力光顾到每一个人的命运。何况除了作家，哪怕是一个农民，也需要上帝光顾而赐他耕作的灵感。由此，读了《深河》与《沉默》，我把对你的这种因爱而苦、因苦而绝美的一种文学执着，视为一种对爱旁无他顾的灵魂挚绝，而且将这种挚绝树立在了格雷厄姆·格林塔倒的废墟之上。为了留住这份美好的挚绝止境，我常常有意地躲避对你其他作品的阅读。盼望有人将你全部的作品都译到中国，又觉得不译也好。有这两本也就足矣，足够树立起一个作家一生写作的努力和全部作品的峰顶之高。

是的，也正如你临终之前，特嘱亲人务必将《沉默》与《深河》两书放入灵柩一样，你是深知此两部作品在你一生写作中的天大地大、山高海深之意义。无论你从哪里理解你的小说，然为中国的读者，都将与你的原意有着甚多或些许的偏差。好在，当海啸把高山造立起来后，山就是山，海也就是海了。彼此是不同范畴的两个情景。今天，《沉默》与《深河》，已是读者普遍的心物，而不仅是你的灵柩之书。我读它，也并非因为它是所谓的“诺贝尔文学奖错失的不朽名著”[1]，而是它“因爱而苦、因苦而绝美”的文学执着和你灵魂的决然挚绝。这样的感受，先是从陀思妥耶夫斯基的小说里有过大量的获取，后来就渐次稀了断了。尤其在二十世纪的写作中，作家总是被技巧和主义的皮鞭，抽得气喘吁吁、遍体鳞伤，留在文本上主义的结痂，像涸流之岸凸现的粼粼堤坝，因此，读到《沉默》中吉次郎的出现，就觉到你与苦难、爱和宽容的渠道，连通了陀氏那条深宽的河流，让作家的灵魂之水，又在那干涸中有了涛涛之声。实在说，对于《沉默》整个的故事，这种罕见的迫教灭绝，就小说而言，一九四〇年出版的格林的《权力与荣耀》，已经写得相当充沛和澎湃，读之让人在激流中浮沉生灭，惴惴难安。然而，二十世纪的世界文学中，并不会因为已经有了《权力与荣耀》，《沉默》就在这一写作中失去它的光辉。故事是一样的残酷而激荡，叙述是一样的激情而澎湃，而格林笔下的威士忌神父，在朝坠落的黑暗中滑落时，而朝向了殉道的峰高处上升；而你笔下的司祭洛特里哥，则与此相反，异曲同工，在走向殉道峰顶的高处时，不得不为了信徒们的生命而朝黑暗的低处犹豫和降落。然而，

1　中国版的《深河》与《沉默》的封面广告语。

二者单是如此也就作罢了，无非是同一迫教故事在不同年代、不同地域、不同的讲述而已呢。可是，吉次郎在故事中的出现，挽救了这一切，丰富饱胀了整部的小说—— 一个弃教者反复的背叛、忏悔；再背叛，再忏悔——这个在你的教义中被视为“如狗一样”，总是露着黄牙、散发着口臭、有着如蜥蜴般胆怯眼睛的人物，却在你的文学情怀里，被你赋予最大的来自黑暗和苦难的力量。“他（吉次郎）如幼儿缠着母亲，继而发出哀求的声音。‘我一直欺骗着你。你不听我说吗？神父如果轻视我……我也会憎恨神父和信徒们……我天生就是弱者，上帝却要我模仿强者……神父，像我这般懦弱的人该怎么办才好呢？……我做了无可挽回的事！看守，我是天主教教徒，请把我也关进牢里吧！’”[1]读到这儿，吉次郎作为故事构成的一个次要的附件，却已经挤走了所有的主件和主体，占据了人物灵魂的高位，一如天宇边远的星辰，却发出了更为耀眼的光照。司祭的苦难，是来自迫教者他人的黑暗，而吉次郎的苦难，却来自他背叛却不能真正弃教的内心。在他内心的黑暗中，从来都没有熄灭过一个弱者守教的那一丝光明。

这就是吉次郎的灵魂！因此，远藤先生，无论你在宗教中多么虔诚，我还是要视你为文学的圣徒更胜于为宗教的信徒。因为你在文学中所有的不是信徒而是基督般的情怀，使得吉次郎那细弱、肮脏的灵

1 ［日］远藤周作：《沉默》，林水福译，南海出版公司，2009 年，第 127 页。

魂，总是闪烁着逼人战栗的光辉。而你，对这个内心黑暗，又从来未曾熄光的人的宽恕、包容和爱，使得《沉默》的整部小说，都让人体悟着你对黑暗与苦难从不撒手的拥抱；显示着你无论是作为作家还是信徒，对整个人类的生命——哪怕是罪恶的生命的爱，都延续了俄罗斯文学中的敬天敬地、天道人道的伟大情怀。

而到了《深河》，你又把这种纯粹的关于宗教文学中天爱博大的灵魂，降落到人世的凡尘。在所有相关正面书写宗教题材的伟大写作中，如霍桑的《红字》、辛格的《卢布林的魔术师》、格林的《权力与荣耀》，还有你的同胞三岛先生的《金阁寺》等同有世界意义的小说里，唯有你的《深河》，是真正把与天相连的宗教，拽回到与凡俗相连的尘世。其余，说到底，精神是属于人类的，而产生那精神的生活和人，都多是有着信仰的生活和教徒们。但，《深河》却是不一样。你让与天相连的宗教精神，那么恰切地降落在了“非教人”的凡世和人生。无论是相关生死的矶边，还是总是嘲弄宗教、玩世不恭的现代日本女性美津子，或是从战争中活下来的木口，再或为相对单纯的童话作家沼田，一切的人物与生活，都是宗教生活之外的凡尘烟火、人世纠葛、欲望贪求的烦乱和无法满足的恼苦，除大津之外，几乎所有的小说人物，都不属于“教中人”。而大津，却又是对任何宗教都持有疑问、冥顽固执于自己对神与精神理解的人。这些人，与其说是你借一次偶然的到印度恒河的旅行，把不同的人物集中在了一起，倒不如说是你借机把尘世的烦恼和偏执的欲求，让他们全都带到恒河进行了一次宗教和精神的涤洗。作为读者，我并不满足于你把故事在旅行间的构置，太多的巧合，让我一直担心小说的精神，会在故事桥架上坍塌。然而看完之后，就不得不敬重你——远藤先生，你用唯你所有的巨大的爱的能力，化解了这种戏剧性的故事桥架。于是，当你把巨大的爱从与天相连的宗教，拖拽到凡间尘世的人的生存困境时，你又一次用你从未减弱的基督般的文学灵魂，去灌注了人类凡世生活的无精神的空白。在《深河》中，单是你把宗教从天上拽回到人间、将精神灌注到被人生烦恼集挤到毫无空隙的人世凡俗这一点，《深河》就在同类的名著中，有了不同凡俗的文学价值。于是，因为你的写作，让我回头去观望二十世纪文学时，忽然再次明白了那个被我们忘记了的真理般的常识：

心有多大，文学就有多大；灵有多重，文学就有多重。

由此说来，二十世纪文学中一切过度的主义与技术，在灵魂面前都会显出它的轻巧和浅白。然而，无论是《沉默》，还是《深河》，又都不是纯粹的无技巧的写作。如《沉默》中，你用“薛巴斯强·洛特里哥书信”设置的第一人称的四章前言，之后才是所谓正文目录中起自第五章直到末尾的第三人称的叙述。而《深河》中，人物分头的物语和人物集合后的分章讲述，则构成了小说的“片断式组合”结构，如同使读者参观画展一般，每个片断的人物物语，都是人物独立的人生画卷；而这些独立的画章画卷，被组接起来，又成了彼此相连、绝不或缺的整体的长卷画廊。“回叙片断+前叙组合”，成了《深河》故事讲述的现代呈现。让读者体味了你对二十世纪文学“怎样写”整体的把握与理解。尽管这种讲述上的方法论，还不可与给二十世纪文学带来革命性变化的卡夫卡、乔伊斯、福克纳和拉美文学中的杰出作家们相论同说，但你在写作中那巨大的作家灵魂的自我呈现，却也不是那些带有文学革命意义的作家，人人都有的深沉而阔大的存在。你的写作，恰恰弥补了他们在文学革命中对人性和人的灵魂的轻慢。

……

尊敬的远藤先生，关于我对《沉默》和《深河》的阅读感悟，碎碎片片，因应日本朋友相邀所写的字数之限，此信就只能到这儿收笔打住，余话留在后信中慢慢赘述。对小说中还有一些阅读之憾，也会在后信中坦荡直言。之所以愿意以信论感，是源于你生前要将此二著作装入你死后的灵柩，所以我也相信，二作将会与你在时间中永远同在。如此我想，当你在坟柩中回想、再读你的《沉默》与《深河》时，也许可以听到这远在中国的阅读回忆的呢喃。

平凹说佛

几年之前。

几年之前的一个笔会，在辽宁锦州。会间大家去锦州辖县参观一个古庙。

古庙本无太多可以记忆，如树木在林地最易让人疏忽一样。况且，我是那种对人文极为无知的人，只是大家都去，也就从众去了。路上，和许多人聊天。到了下车，和贾平凹齐肩，边说边走。因着边走也才边说。说走中，缘于对他写作的敬重，从不敢像别人那样似熟非熟地叫他老贾，也不敢和他勾肩搭背，二人只是那么彼此客气，彼此敬着，彼此有着心距，又彼此很感亲切。就说就走，齐肩踏进了庙的大堂。

那庙和他处寺庙并无二致，青砖青瓦，雕梁画栋，佛塑高大，字画满堂。人就拥着进了，扯话和聊语，顿时冷结下来。原来，所有的人都是知的，在神前佛边只可静默虔敬，不可喧哗胡说。就都在静默中缄脚缄手，屏声屏息，看这看那。我不知道别人都看了什么，如来、菩萨、金刚、匾额、对联，大抵也就如此罢了。而我除了这些，还看到了和佛像不谐的一景：入门正对面的高大墙上，有画墨入木的一幅巨制的菩萨木刻像，像的两侧，是木刻的一副对联。对联的内容，我并未仔细去读，只是看到那木刻对联的右挂，因为老旧，抑或别的原因，从墙上垮了下来，倒歪，下垂，随时都会掉下一样，连带视角的关系，因为右挂欲落，似乎拉得菩萨的挂像也不周不正，不是那么端庄。

从庙里出来，平凹问我："怎样？"

我说："最该把菩萨像两边的挂联挂个对称周正。"

他就回头看了。

只看了一眼，轻捷如飞的一瞟，就又回头来说："连科，不是那挂联和像挂得不正，是我们的眼睛不正呢。"

我哑然悟开。从此记住平凹兄的与我说佛，甚于所有人、所有小说中所有的细节与情节，都没有这次说佛让我如此咀嚼意味，入耳难忘。

条案之痛

一张条案告诉我：有的人一见它，你就会自卑；有的人一见它，你就会自傲。陈乐民叔叔和他夫人资中筠阿姨，每每见到，都让我局促不安，宛若侏儒到了巨者面前。

称他们叔叔阿姨，知我有些攀亲附高，可和他们女儿陈丰友情笃甚，又觉称其先生老师，似乎远疏散淡，也就长期这样攀着叫了。究竟起来，我应该算是陈丰的一个作者。她居法国生活二十年，在那儿博士毕业之后，就留在巴黎繁忙，其工作之一项，是把中国文学介绍给法国读者。在法攻读期间，由她介绍翻译的中国作家陆文夫的《美食家》，至今过去了十七八年，还在法国长销。王安忆的《长恨歌》是中国小说语言最为考究的一部大制，由她介绍打理，也在法国成为一部经典译著；还有苏童、王刚、毕飞宇等，一大批知名和不知名的中国作家，都经她的推介努力，在法国有了自己的一片天下。我被译介到法国的所有小说与散文，也都是她努力和坚持的一种结局。缘于彼此对文学的同道，终于成了可以递心坦诚的朋友，也就有机会到她家里充作客人，见到我仰慕已久的学者和翻译家资中筠阿姨。资阿姨的学识与气度，常常对我有一种震慑之功，每次和她相处——尽管她总是和善地微笑，也让我觉得在她的善良与笑容中，有着正气之凛然，反倒比那种被权势支撑的威严，更有某种力量和征服感。而对于陈乐民叔叔，并未那么具体熟悉，只是知他原是社科院的欧洲专家，英语、法语都极为精通，关于欧洲政治、外交、文化的著作，洋洋海海，有十几卷；多年前他所演讲集成的《欧洲文明十五讲》，至今还是北京大学和其他高校研欧学子们的必备教材。还有，就是他在他家狭窄的客厅里，坐在轮椅上，瘦削、洁净、沉稳的面容，总让人觉得，命运把一个思想奔放的人，固定在了牢笼般的空间里，似乎把一个可以在世界图书馆中奔跑跳跃的健将，锯去双腿后，让他只能流血低蹲在某个书架下或者书堆边。

第一次见他时，他的病已经相当严重，必须每周两次频繁往复于医院透析。这样十年之后，仿佛一个乐观于生命的老人，每三天一次，去上帝那儿求得一些吝啬的日月，借以看居室的窗口和阳台上的日出日落，好和书籍、笔墨交流对话。史铁生也是这样的生活——在透析中思考生命与存在。和史铁生相处交流，让人感到生命的沉重和虚无。而陈叔叔在透析中和透析后，似乎思考得更多的不是生命，而是世界。史铁生思考生命的世界；陈叔叔思考世界的生命。孰重孰轻，孰多孰少，仿佛生硬地比论石头和树，谁长得更好、更为有用一样。他们的差别是，一个是作家，一个是学者；一个是中年，一个则是年近八十的翁老。

有一次，我陪陈叔叔去医院透析，扶他上车、下车间，他望着北京崇文门那儿的楼厦变化，脸上平静淡然，仿佛望着一隅失落的世界，说了一句悠长平静的话："变化这么快，难说是好事坏事。"他的语调轻缓，近于自语，但从他的语句中，让人体会到他对世事和世界绵长的担忧。也就是那次透析，我与资阿姨约好，等大家合适时候，一道去通州的高碑店一趟，为陈叔叔买一张他满意的条案书桌。

因为，他们终于搬了家去。

终于，在去年夏天，陈丰从法国回来，快刀斩乱麻地用半个月的时间，把她家两三处的碎房兑换成了一套大舍。所谓的大舍，只是那些小套的集中，有四间卧室，一个大厅。并不知七十多岁的资阿姨是如何在装修中跑跑买买的，只知在装修之后，这位本就瘦弱的前辈老人，又整整瘦去了十斤。然无论如何，这对最为硬骨气节的知识分子，终于有了相对宽敞的住处，有了他们各自的书房。书房对于普通的读书人，似与土地之于农民一样。而书房对于他们夫妇，则似危急中的空气、水和最无言的呼叫。他们一生研究、著述、翻译，家里却从来没有过宽敞高大的书架；一生思考这个世界的境遇，却永远都在拥挤屈身的斗室之间。仿佛知识分子，缘于本性是要对世事、世界的自由表达，就不该配有书房、书桌和书架一样。现在，他们各自有了自己的书房——尽管都和自己的卧室同为一屋，但毕竟都有了自己读书、写作的一个落处，有了各自思考的一个空间。尤其那个三十平方米左右的客厅，虽然摆上餐桌、沙发和一排书架之后，并未显得宽敞到天南地北，但在那客厅，对已难离轮椅的陈叔叔，却也有了一条轮椅的径道。大家为这一处新居高兴。为书架、多宝格、电视柜摆在哪儿更为节余空间并恰如其分而再三商磋讨论，并为可以满足各自一生并未显得不可或缺，但却一生都挂在心上的某种基本的愿念而感谢世界。

资阿姨把她那总是处于角落的旧钢琴处理掉，加价换了一踏新的钢琴。陈叔叔希望能有一张宽敞的写字台，让他摆上同生命一样珍贵的笔墨纸砚。而且对这写字台的要求，不是老板桌的现代式样，而是那种带有传统古旧气息的书桌样貌。

这样，我们就相约在陈叔叔头天透析后的来日，去了趟高碑店的仿旧家具街。

时候是去年十月，阳光和静温煦，秋时的景色淡在那条街上。偶或街边的柳树，挂着黄绿和跳动的雀叫。一家挨一家仿旧的家具店铺，似乎把时光拉回到了明清时期。我知道，陈叔叔是非常“西化”的学者，对欧洲文化之通达，宛若一个人熟悉自己的指纹条理。甚至吃西餐、喝咖啡、听西洋音乐，他都会视为久离故乡的人吃到了自己久违的家乡饭菜。可那天在明清古旧家具街上走转时，他的神情一直兴奋光彩，步履轻便，仿佛一个完全健康的老人。我们看书架、看书桌，算计新居空间的尺寸和家具大小的搭配吻合。整整在那条街上逛有两三个小时，虽然最后终因他卧室的空间有限，没有买到恰如其分的书桌，但把理想压缩之后，还是看上了几张可以取而代之的条案。且最为重要的，不仅是条案桌子，还有资阿姨望着陈叔叔不常有的轻便脚步，有些激动地说道："他已经好多年没有这样兴奋过了，好多年没有到外边走过这么多的路了。"

那一天，我在陈叔叔的身后，就像一个不会写作业的孩子，跟在一个并不教小学的大学者的后边，虽不敢多问一句有关学问的问题，却是体会了一个西学甚好的老人，为什么又那么热爱传统，通达国学；为什么爱喝咖啡又酷爱书法、绘画，可以把自己的余生，放在国学及书法和国画上去。"治西学者不谙国学，则飘浮无根；治国学而不懂西学，则眼界不开。"这样对东西方文化的认识，怕是只有他这样东西通达的人，才能感悟和体味得到，才能写出《文心文事》《学海岸边》和《临窗碎墨》等那些以西见认识中国，以国学感悟世界的真正文化、厚重的书籍。而如我这样号称为作家，有一大堆故事、文字的人，在他和他的学识与对中国与世界的见解面前，也只有羞愧和沉默则更为得当。

然而，就是那次陪他去了高碑店的旧街之后，回到家里，因为停电，他又爬了十层楼的台阶。从此，他的双腿很快变得软弱无力，似乎连呼吸的力气也都耗尽去了。慌慌地住进医院，让体力、心力得到了一些恢复，为了让他从医院出来，在新居家里看到新舍、新置，也看到他心仪的那张条案，资阿姨从往返家与医院的空隙，把看上的书架、饭桌等旧式家具，都尽快地运回摆好。自然间，为了迎接他出院的喜悦，我们特意地再次去了高碑店的那条旧街，把反复看过的那张棕色栗木条案，不由贵贱分说地买将回去，让它在陈叔叔的卧室一侧，得体安静地立着等待最需要它的人从医院回来，在它光滑暗亮的案面上写字、绘画，记下他对中国和世界的比较与思考。

然而，条案如期所愿地摆在了那儿——它的主人——那位最需要它的学者，却再也没有从医院走出来。他既没有在那条案上摆下砚台，握着毛笔，写一个书法汉字，也没有在那条案上铺开宣纸，创作一草半鸟，一隅诗界画世，更没有在那儿写出一篇他满腹中西经纶的思考文章。甚至说，他因为很快住进重症监护室里，就是亲人也不能接触言语，结果是，他连他生前终于拥有了一张期待的条案也不曾知道。

去年的十二月二十七日，陈叔叔默然地去了。

现在，在他生命的最后终于拥有的那张可以书写、绘画的条案上，摆了他的遗像、骨灰和笔墨。一个少有的西学的专家，永远地和中国传统的条案断守在了一起。他们每天都在以他们的清寂交流、对谈着各自的命运和对西方、东方的认识与理解，思考着一个民族在世界中的扩展与扭曲、现实与未来。而留在条案上和条案周围空白、清寂的疼痛，则每天每时，都在言说、记录着一代知识分子对世界认识、表达的渴望和无奈。

镇上的银行

时日复复地走着，物像也复复地变着，我儿时记忆的故乡，虽在世事中变得缓慢，但总算没有被这剧变着的世界，在不经意中扔至世外。原来村中沙土的大街，现在成了水泥的路面；原来土坯的草舍瓦堂，虽没有江浙水乡那样楼墅的变化，但也隔三错五有两层红楼点缀在村里，如同冬日质朴的原野上，偶尔开出的几朵土色的花瓣，不算艳丽，也总还算奢侈的花儿。在那村里，所谓复复地变着，其实是说，原来老街上各类店铺中的药房、饭店、邮局、商场，一切集日里必需的买卖场所，都从村里搬到了村庄外的一条街上。

那条新街，是一条宽敞的公路，一街两岸上的紊乱、繁华，恰是时代在北方乡村的写照。而当年作为逢五遇十招来四乡百姓熙攘的老街，则被寂寞地扔在村中的原处，像一条被遗弃的旧皮带，无奈地半卷半展在那有了千年的村史之间，被稀落的人影踩着，与那老旧的瓦屋做着年老的旅伴，只有总是卧在街边的狗和在老街上咕咕叫着的鸡群，没有显出半点对它唾弃的意味。

还有，就是老街上不知为何没有搬走的那家银行——那家银行，在那里坐落了有四十个年头，早先的名字是叫信用社的，后来不知哪天就改叫了银行。如同村里的某个孩子，谁都知道他的名字是叫“小狗”，可有一天他却有了大名，有了学号，叫了“爱军”或者“爱华”一样。而它，就叫了银行。叫了也就叫了，其实并无变化，村里人知道那叫了“爱军”或“爱华”的人，也还是当年叫着“小狗”的那个孩娃。那叫了银行的它，也还是叫过信用社的三间房子。变了却也没变，没变却也变着。十几岁时，我曾经去那银行玩耍，一街两行卧着的土坯房子，都在努力散着它的灰土气息，宛若马队从田野上飞过之后，使土味尘味，有了沸腾的机缘。倒是银行那三间青砖到顶的瓦屋，在街上显得沉静、庄严，虽然有些傲慢，但也不失大家闺秀的范貌。它鹤立在街的中央，散发着只有新砖新瓦才独有的硫黄的香味。那三间瓦屋，两边住人，中间营业，砖砌了柜台，台面用水泥（那时还叫洋灰）抹得锃光瓦亮。而且，在那柜台面上，还竖了一排钢筋栅栏，通向屋顶，这就显出了它的威严、神秘和令人仰止的金贵的富有。我去玩耍时候，是看那银行的地上铺了青砖，正可以在那地上弹那玻璃球。也就在那儿弹了。滚来滚去，玻璃球落在砖地的声音，和人家的琴棒落在弦上一样。营业柜里那个织毛衣的姑娘似的媳妇，那时她已经有了身孕，脸是红色，挺着肚子，双手在织针和毛线上忙来忙去。她听见了我的声音，从那栅栏里探头看看，宽容地并没有说句什么，就又坐了回去。我也就继续在那砖地玩着，弹着的玻璃球，让发光的透明在那里滚来滚去，还引来了许多别的孩子。

后来常去。

再后来，我就不知为啥不再去了。

将近三十年以后，我已经从一个弹玻璃的孩子到了中年，我家住着的那个有几千口人的村庄，因当年是公社机关的所在地，现在就是了乡政府的所在地；人口也从不到四千，翻番到了可统计的七千有余。所以，乡又被改为镇时，村就成了镇子。可是银行，却还是那个银行，如许多地方的县被改为了市后，街道还是那些街道，只是县长叫了市长。

几年之前，我同母亲去那银行存钱——几千块钱，放在家里母亲不安，说存到银行安全，还能生息。也就陪同母亲去了。乘着中午的日暖，踩着换成了水泥路面的街道，走进那原是铁皮红门的营业厅里，才看见银行也还有着变化。早先我打玻璃弹子的砖地，成了花白的水磨石地面；早先水泥面子的柜台，已经镶了粉红的瓷砖；还有那二三寸宽的钢筋栅栏，也都喷了银漆。我们去时，还有漆香在那营业厅里徐徐地飘着散飞。还有一个变化，就是当年打着毛衣守着营业的女人，那时已经不在。柜台里坐着的是一个看着小说的小伙，他年轻、斯文，二十几岁，戴了一副红边眼镜；我们办完存款手续，他还对我和母亲说了一声“谢谢，欢迎再来”。

从银行出来，日光变得有些刺眼。

今年回家，看那银行已经扒了。说不知为何，上边把它撤了。也就扒了房子，废墟处的砖瓦上，有鸡、狗动着卧着。有麻雀就站在一条花狗的背上尖叫。阳光明亮亮地照着它们，像照着一片在风中翻动的银行的史页。废墟给鸡狗营造的快乐，仿佛是一笔利息给它们建下的一片乐园。

春黄

它已经很老了，十岁之久，有着丰富的世事经验和感知万物与生灵的能力。因为命运的安排，它每天都弓在一个椭圆的土陶花盒中，孤寂在我家阳台的一个台阶角，一如一个生命在孤岛上的生存与守候，等待着从玻璃窗上过来的阳光和我爱人打开窗时吹进来的风。水是浇得准时的，每周或十天，会去大大方方浇一次，让它喝个够。所谓的肥料之滋补，也是半年八个月，才会因为忽然的勤快，去把没有喝完的啤酒倒进去半瓶、大半瓶。有时候，我们赐它以淘米水的慷慨，它也总会有恩必报，以大度感谢地生长，回报我们以碧绿的旺黑。寂寞和无言，是它生命的侣伴，只有在每天客厅里的电视机打开的时候，沙发上有客人到来并海阔天空、畅所欲言时，它才可以借此感知客厅和阳台之外的世事和万物的变化与喜忧。

深秋时候落叶，春天时候再生，这是大自然赋予它的命定规律。但因为是在室内阳台的大致恒温中，酷冬中的暖气也都把十八度以上的温和平均地分配给我们，自然着，其中也有它一份。于是，应是秋时的枯落，叶就象征性地掉下几片烦累的深黄，而那些带着疲惫的众多的青叶，也都还要在它的枝丫上日日月月地陪伴着我们一家，等待着来年春天的勃发和澎湃。

因了几乎不落叶的绿，中国人就叫它冬青树。

可这株盆景的常绿，却在今年春天的三月十一日，正是北京的万物苏醒吐翠、花开预备的时候，突然间出现了几片黄叶。三月十日它还借着初春的风光，显出苏醒后要大干一场的气势，让生命的绿色旺盛到使边旁的花草都相形见绌的尝试，可却在一夜之后，却有三片五片的黄叶，静静地沉默在它的弓枝和冠顶上。我为此感着些微的诧异，慌忙地把它移到更可通风的西边，让朝阳一出，就可以直直地照射于它。还又在它的土盆中，恩赐了它整整两罐啤酒和两袋鲜奶。因了是春日三月，和风如滋，也还总是在白天延长开窗的时段，使它更可以沐日浴风，借此挽救它在二〇一一年三月十一日之后的黄叶伤痕。

可是，一切的努力，都近于徒劳。

三月十二日，它由三五片的黄叶，变成了七片八片。

十三日，十片有余。

十四日，二十几片。

十五日，几乎黄满冠顶，完全如旷野中酷冬时的一棵日常树木，不得不随着时节的变化而遵守枯黄的律令。

然而，这毕竟是初春之时，是万物苏醒的蓄势之日。翻遍了植物病疗的书籍，证明它没有虫害的侵蚀。找来了盆景专家，也对它的春黄表示摇头和不解。一切的努力，都只能是我们对流云飘失的无法挽回，仿佛在马路上踮着脚尖奔跑的雨滴，终归要在一汪水中无声无息样。无奈之后，也就只能随它而去。中国的民间，有句相当直趣的老话："七十三，八十四，阎王小鬼常来访。"把风、日、水、养全都充足地供给于它，宛若让一个将死的人，在最后几日吃饱喝足似的。

如此而已，也就罢了。

也就这样，随它而去。

时间和日子，就这么过着。半个月、二十天、一个月，阳台上的盆景冬青树，竟又在不自觉中缓了过来。有的黄叶落了，而更多的黄叶，都又变得片片绿旺黑碧，完全如同往年往时样澎湃勃发、茂盛有力，无论远近地看去，都是一幅永不凋谢的冬青的油画。

江桥

江和桥于我的记忆，宛若流水对河岸的印刻，从来都深刻到化石的年月和迹遗。

二十岁当兵离开偏远的故土，第一次坐火车，第一次真正在一个城市有一张自己的木床，后来又第一次到一个真正的大城市——武汉。之所以说武汉是中国真正的大城市，并不知道那个城市有多少人口和面积，有怎样的工业和繁华，但在千里之外的遥远里，我家的老人们总是叨叨絮絮说：“千走万走，一天走不出汉口。”而汉口，又只是武汉的三城之一。这个由武昌、汉口和汉阳三城组成的武汉，被长江、汉江二分为三，又被写画在我课本中的武汉长江大桥，天堑通途地连接起来，所以也就可想而知，那城市之大。一天都走不出汉口，又哪能走出双倍于汉口的武汉呢？因此也就惦念那个城市。惦念敬仰着那个城市的长江大桥。也就终于见了那座大桥。在三十几年前的一个夏天，随着部队任务的调换，我的连队从河南调到了湖北武汉。虽是去那儿为着战争挖防空洞劳苦作业，想到可以到那个大城市里走走看看，可以看到课本中引以为豪的长江大桥，心里还是喜的、兴奋的，长时间充满着那种崇敬和向往。

是在一天的下午，部队在武昌珞珈山安住下来的三天后，和两个同乡战友，谎称要到市街购物，也就请假到了长江大桥。见了长江，见了大桥，并不觉得长江有甚了得，那水面似乎还没有我家村前伊河在汛期雨季里宽广，也没有那洪水湍急和壮观，但那大桥，却是令人尊崇敬畏的。那种巍峨，让我们乡下的孩子，惊得不能说出话来。铁制的弧跨，在夕阳中一蜿一蜒地举在半空，而弧跨下那宽展平坦的桥面上，来往的汽车，一辆一辆，如同我们过年时把一个一个的饺子倒进水沸的铁锅。真是惊人。真是叫人无话可说。想不明白建那么一座大桥，得有多少水泥，得用多少钢铁。尤其想不明白，桥下江里，水流滚滚，深不见底，那桥墩柱子，是怎样地竖进了水里，且还扎进了水里的地下。后来又从桥头的台阶，绕到桥下，抬头仰向天去，才发现那桥墩的高度，有了几层楼高。天空开阔，远山近水，在这阔天近水之间，桥也小了，车也小了，看从桥上栏边过去的行人，就像一个黑点从空中小心缓缓地游移。于是，想到自己，在那巍峨的桥下，是怎样的渺小普通，宛若大山上的一石一草，田野间的尘土颗粒。

因为可怜自己的尘土普通，从此就记住了那座大桥的巍峨壮观。尤其到了后来，过了很多年月，听说美国总统老布什，第一次竞选总统名落孙山，对人生命运心灰意冷，决计从此别政，再不在仕途政业上付出努力，也就出门游山玩水，散心逸情，这就到了中国的长江。从长江这儿乘轮而下，过桥入峡，眼见长江三峡的壮丽美巍，河水滔滔，使人心情激荡奋发，因此触景生情，又决定振作奋发，回去再度收拾残局，以备下次重新投入竞选，也就终于如愿当上了美国总统。我以此触类旁通，举一反三地经常去想，老布什在长江上人到中年，想的还是要收拾河山，竞选总统，也就终于做了大国总统。而那时的自己，青春年少，刚刚二十周岁，在那长江大桥下，却想的是自己做人的尘埃，谦恭自卑，也就终于在这一生之间，微粒尘小，普通到野草碎石，成颗粒灰尘。真是的！如果那时，也如老布什一样，在长江大桥的桥下桥上，想的是收拾河山，一番伟业，如此该有多好。

该有多好！

可是自己，终是错了，那时却想的是为人尘埃，在世事中自己的渺小和卑躬。

为此终生懊悔，也就终生记住了江水、桥梁和人生的尘埃和峨巍。

在富锦的想象

湿地之臆

每次行至东北，都被辽阔震撼和操弄。

这次的震撼与操弄，是佳木斯下属富锦县（今已为市）的湿地。是名为黑水泡的两万两千四百多公顷的浩瀚，让我感到有一种难以想象的开阔，使你觉到人的渺小，近乎存在的失去，于是你因为辽阔而恐惧。还有一种辽阔，不让你恐惧，而你却被它操弄，让你的想象变成少年的思幻，意识到卡通间天宫的存在和幻爱的真实。从而，那种笼统无当的臆想凡俗的美，切实着来到了那一瞬间。

黑水泡湿地，归属了后者。

十月之初，秋黄从天空中噼噼啪啪地落下，铺在了辽阔的上边。阳光如绸，从脸颊上抚过，如同少女的手指在你脸上的抚摸撩拨。风吹着，掠过发梢，让人隐隐听到遥远琴声的孤弹。还有来自湿地碧清的水汽，鸟羽泛白的温暖，芦苇在秋黄中群起的叹息，水荷结束一季生命时最后瞭望天空的目光，和那——以最后的生命之力，守候着一年间秋时盛开的白色小花，依着草棵，浮在水面，朝行人客旅忧伤地媚望。

气氛确实有些凄美，宛若古时的庭院中，孤寂的小姐拖着罗裙因赴约走过失落的一处荒凉的园子。我们一行，就那么渺小坠落般走在两万多公顷的浩瀚之间，为浩瀚所震慑，也为浩瀚所折服。可终于还是，因为辽阔的凄美而感受到虚无与实在的共存。随行解说的话语被水汽所吞没，彼此的谈笑被秋风所散淡，噼噼啪啪的脚步被爬上岸的藤草所羁绊，偶或想到了唐诗宋词中的妙言与佳句，可天空飞鸟垂下的羽毛和从水面挣着身子跳上岸来的一丝幽花之香，把那诗句诗意，比拟着挤到了苍白的一角。于是，在那因大美而大凄、因大凄又大美的湿地里，踏着浮桥，守着亭阁，乘着小舟，无休无止地沉默和臆想，成了那时最是上好的一种选择。

我便沉默着臆想。

臆想到了四桩事情：

一、我若能够有一天一言九鼎，将亲笔手书一道圣旨，让东北三省的人都暂迁关内，或借宿境外俄罗斯，使辽阔的东三省野野荡荡，空无一人，只有一个唯一的我——连个侍者、仆人都不带——独自站在那辽阔瀚海的土地的中心，撕破嗓子，疯狂地高声大唱一曲由我自己作词、谱曲并演唱的《我的土地》的绝美的歌曲。

二、我若不能一言九鼎，那就求次可以振臂而高呼。不让黑龙江省的三千八百多万人口有一个搬迁和移动，只在合适的时候，把这三千八百多万人民集中在最为辽阔的某一处的黑地上，给他们发着钱、发着物，报销一切费用和开支，让他们振臂高呼，雀跃欢歌。而我，站在某一高处的台地上，放眼人民，缓挥手臂，大声说道——

“黑土地啊——种地去吧！”

三、如果振臂高呼没人应我时，我就请求让我当个富锦县的一乡之长吧。当了县长，我将勤恳工作，废寝忘食，建设湿地，造福人民。而唯一所求的回报，就是在我某一天的生日里，我将让湿地别无他人，只有三五好友和一台二人转的上佳演出。大家饮酒畅言，听戏欢歌，彻夜不眠，直到来日日出，霞光普照，湿地里牡丹花开，月季生香，水鸟从芦苇中飞上餐桌收拾着残羹剩菜。而二人转的戏台上，曲终人散之后，长满了大豆、高粱和我那些好友睡梦呼噜的声响。

四、再或者，我就仅仅维持今日的现状，当一个普普通通的写作者，读书写作，备受争议，到了烦闷的时候，用心培育一个好的女友。她本不愿做个屈从的情人，可又愿意出门走动，于是也就沿着你的圈套，到了黑水泡的浩瀚湿地。行人稀少，浮桥楼阁，水鸟游移，孤舟风飘，到了那个时候，也就一切的一切，只能顺从于此情此境，如同我们的生活，无法摆脱日常的束缚。而我们的情感，也只能顺从于黑水泡湿地诗意浪漫的馈赠。

风车柞林

距湿地几里之外，山脉上遥远着一行风力发电的大轮，银灰在湛蓝的天下，让人误以为在佳木斯的富锦，是到了欧美的乡间福地。风吹着，秋天的金黄在山脉上跳跃游动，却又始终是左起右伏，此生彼消，而那金黄就只根在原处不动。说那风力发电的银轮，造价三十二万元一柱，一排轮柱，要在千万元成本之上。可那风轮无休止地旋转，昼动夜欢，每一圈就能收回成本八元，算计下来，一年间也便本利同归。说那金黄金红，不是人人皆知的枫树红叶，而是只有东北才有的柞木林地。说那柞木，质地坚硬，生长辛劳，二十年的漫长，不过能从细苗长至胳膊的粗细，且枝杆弯曲，无米度之直，所以，流行的实木地板，柞木为上乘之树，且稍作处理修改，就可充作紫檀招摇过市。

于是，也便迎着红黄，听着风车的转响，到了那脉山上，在被巨大的银轮震耳发聩和被金海红洋的柞色浸染水溺之后，意外地看到，红豆似的七色瓢虫，由少积多，漫天飞舞，一潮一浪地滚滚团团，飞来如红尘一股，飞去似群蜂迁徙。因为我们的到来，不知它们是为了迎接，还是为了拒绝，车行山下，那瓢虫便红云般飘然而至，裹在车上，宛若红绒幔布罩了车窗车体，使你的视线顿时全失，只听嗡嗡嗡的声响，如龙卷风样在车外流着、旋着。因为瓢虫越来越多，司机不得不打开车前雨刮器的最快节速，扫着赶着，宛若应对倾盆暴雨。因为遭了轰赶的敌意，那瓢虫越发多将起来，山山海海，洋洋水水，从柞林中飞将出来，从草地间跳荡越跃，起如飞沙，行如走石，滔天海浪地朝着我们，朝着那现代的豪华汽车，卷风卷叶地裹袭着拥来泄过，一层压着一层，一团压着一团，使那汽车超重，人心超重，司机不得不加大油门，加大挡位，推开车前一拥而至的瓢虫的天地峰山，层峦叠嶂，如推土机推着房倒屋塌一样。终于横开一条血路，沿着柞林的缝隙，到了一擎风力发电的柱下，挤出一片小阔，将车缰降路边，这才发现，车窗紧闭，门无隙缝，可那瓢虫，不知从何处钻进了车内，占满车座，落满人身，使车里堆舞着水泄不通的红色和针扎不透的瓢虫的气味。

然而我们，不官不武，文弱书生，从惊慌中镇定下来，都君子般坐着、凝着，努力地与它们相安无事，促膝漫谈，差一点彼此和谐得如鱼水一般。这也就有了谅解，有了沟通，它们也才让我们开门而出，来到了柞林边上。也才终于知道，这些日子，值初秋时节，天高云淡，气爽风暖，一世界的瓢虫们正集中在这脉柞林山上，召开一个乌托邦的协调总结大会。事由是原来东北富锦的柞林树木，择山而居，喜风迎日，因此它们世代居住在这一山脉。因这山脉荒野，多有蚜虫螨类，而蚜螨为害，蛀食柞棵，于是瓢虫繁衍，专食蚜螨。如此这般，风暖日丽，荒野自然，柞树盛生；虫食木棵，瓢食螨蚜；火生土，土生金，金生水，循旋往复，链链相接，环环相扣，形成自然法则，千年不变，谐和相处。可在忽然之间，人们以自然环保之名，将风力发电的大轮排排行行地竖在柞林山上，占了林地、修了路道不说，还留下逐年终日不息的轰鸣之响。于是，毁了宁静，坏了气韵，把柞林、风日、山脉、荒草、蚜螨、瓢虫的环链断开节位，强硬地嵌入了钢铁大楔，让它们宁静自然的法规宪册上，有了巨大的黑洞和破损。正是为了这个，瓢虫们才在每年的秋季时分，在这儿召开乌托邦协调总结大会，誓师大会，研讨和谐，商讨日益受侵的应对之策。那个时候，人们站在风力发电的银轮之下，而我独自到了柞林密处的一片金黄的内部，推开厚重的颜色，看到每一棵柞树的枝叶棵干上，都裹着一层瓢虫的伏卧和嗡嘤，地上的每株草和石头上，都坐着、站着一片一片的瓢虫，它们或洗耳恭听，或细语低声。认真地打听盘问，追根溯源，也才探明它们正在守着每棵柞树，分组讨论，共商大计，终于就形成了一个共识决议：为了抵抗，要在秋末之前，对繁华的富锦县城发起比往年此时更大的反扑和攻击。

以为也就是一次窃听而已。然而，在几天之前给富锦的友人电话联系，他竟在电话上告诉我说，城里的大街小巷，家家户户，还有各个办公室的屋里屋外，走廊过道，无处不是瓢虫翻飞，七星照耀。人走着瓢虫要往眼里落，人坐着瓢虫就往耳里钻。嗡嗡声似飞机低掠，野腥味如鱼虾搁滩，最后使机关不能上班，汽车不能行驶，市里不得不下发文件，通知人众，放假一月，至秋过虫去，一切再还本如常。

粮果地

十月的东北，粮食已经入库，土地上只还有收割的遗漏和被收割后棵秆的竖立。

我们要去看的，就是收割后的一些残余，如苹果园里下架后每棵果树上遗落而挂的几个硕大的苹果。那是富锦的一块粮食实验基地。说是一块，却是漫无边际。先看到整齐地擎在半空的向日葵，宛若腾空而起的一面湖水的金汤，在日光中荡动沸扬，潋滟流动。接下来，是一行行地搭在架上、彼此间为了不被果实压折而勾手扶肩地站着的女人果。虽是收获之后，而那葡萄状的果物，皮肤细嫩，面色桃红，有着一种让人见之欲抚欲含的光亮和大甜微酸的女人果特有的味道，呈着红丝黄线般的物形，在太阳下边缓扬轻飘。还有，高挂在空的青白葫芦、伏在地上红泥玉浆的盘状南瓜、长成黄瓜大小的东北豆角、割完又青的泛绿小菜，和一些茄子状的土豆、土豆状的红枣、红枣状的柿子、柿子状的脆梨、梨子状的核桃，七七八八，盘根错节，都在那粮果地里被人收获过了，又都因为收获的粗疏，还在那地里果实累累，寂寞而抱怨。仿佛一个腰缠万贯的果农，到了收获的季节，望着一望无际的丰收，对收获的劳作有了厌烦，便同那负担过重的仓库有了一次合谋，最后只挎一竹篮小袋，到田里象征性地摘了几个，交给仓库，便宣布说收割一过，余者概不负责。结果那大片大片的向日葵、女人果、红南瓜、长豆角和青菜与果物，都还成熟地挂在棵上，落在田里，寂寞而无助，犹如一群又一群成熟而漂亮的少年女子，排排行行地站在阔大的广场，因为她们突然间在同一时辰的成熟飘香，反而使自己用自己的成熟与美，湮没杀戮了自己的美与成熟，让人淡漠，让人遗弃，让人因为丰硕过多而不再有所惜爱。因此，也就大片大片地把她们遗弃在了那儿。让她们彼此寂寞抱怨，让她们饱满成熟，空有一胸的青春。也就在这个让她们将要终生含泪守孤的季节里，我们到了。到了她们中间，于是，女人果的红亮，叽叽喳喳地尖叫着从棵上挣脱下来，冲撞着日光的阻拦，砸在了我们的眼上；向日葵灿黄的浓香，像被阅兵的队伍，整齐地迈着有节奏的步伐，横冲直撞地到了我们鼻下。卧在地面的盘状南瓜，自动地从秧棵上扯断牵挂，一翻身子，车轮般朝着我们滚了过来。挂着的葫芦，纷纷地从棚架上朝着大家斜身而飞，砸着大伙的头颅额门，如松软的枕头飞在了睡客的颈下。吊着的豆角，从秧藤上伸出手脚，扯着大家的衣角、手指；路边畦里的青菜，水青碧绿，亲吻着大家的鞋袜，像小狗向它的主人摇着讨好的尾巴。于是乎，大家投桃报李，正中下怀，兵来将挡，水来土掩，先到那粮地边上时，都还只是矜持着在那儿的啊啊惊叹，及至后来，有人宛若见了自己久别的情人样，突然间，跑步过去拥抱亲吻了亭亭玉立在那儿的一棵巨大的向日葵的脸面，后边便都如脱缰了的马队，大家不约而同，蜂拥而至，卸羁而去，疯跑着踏进那粮果地里。要南瓜的抱了南瓜，要吃女人果的采茶样快手利指地去采着那美面女人。于是间，粮果地里欢叫声一片，采摘的手指莺歌燕舞。大家各取所需，有福同享，飞鸟落枝般啁啾鸣叫。然就在这个时候，有一个手持几盘向日葵的同仁，忽然倒在了向日葵的地里。又有一个爱吃女人果的朋友，瘫软着坐在了女人果的棵下；还有一个怀抱南瓜、手持萝卜的美女作家，因为头晕，丢掉手里的南瓜、萝卜，慢慢地蹲着坐下，双手扶着冒汗的额门……

接下来大家惊慌失措，忙不迭把这几个似乎因毒而迷的同行往车上抬着、唤着，急速地召唤大家上车返回。及至到了县的医院，一个个地往急救室中抱着，放在那雪白的急救床上，推往急救室里，进行输液抢救了半个时辰之后，值班医生才拉开屋门，站在门口，取着脸上的大白口罩，擦着额头的晶莹汗珠说：

“没事了，他们是香味迷醉。就像人缺氧了容易昏迷，有的人过多、过猛地嗅闻狂野的粮味果香，也容易造成这昏厥症状。”

识慧

都知道，脸谱是戏剧之妆饰，尤在京剧间。

净末生旦丑，都有它的妆饰和画像。好人妆相是美的、艳的使人欣慰的；坏恶妆相是丑的、阴的使人见而识之，进而厌之与弃之。从此中国人就把人干脆分为两种人：男人与女人；好人与坏人。男人女人之间没有第三者。好人坏人之间没有复杂者。那些半好不坏、善中有恶、恶中透善的人，都一股笼统地归到了坏人堆里去。可人又总是求着善美的，一如恶人也渴望美名样，于是就都伪起来，装起来，把丑恶掩起来，让人无法识辨他的丑恶与龌龊，把美好无限地发散与扩大，仿佛他或她从来都是那么美，那么仁义和道德。

这事情，也不是决然地不可理喻和难理解。全世界，满天下，所有所有的国度和人群，都不愿意把厕所的东西摆在大街上。

文明嘛，谁不愿美好和文明？也是为了这，前些时我去欧洲，把几个中国人视为有传统艺术精髓的京剧微缩脸谱带到了那儿去，花花绿绿的脸，装在布纹纸的盒子里，到英国打开来送给伦敦那些出版我小说的朋友，他们一惊愣，脸上就有疑问了——

这是什么哦？

我说是脸谱。

又问脸谱是什么意思呢？

我说是好人和坏人的识别物。

再就指着那些脸谱问，他们谁是好人谁是坏人呢？

我便想了一会儿，不说那脸谱脸相谁是好人和坏人，谁是善美和丑类，只是告诉说，你觉得谁是美的他（她）就是美的，谁是丑类他（她）就是丑类。说脸谱艺术是教人慧眼慧智的，让人一眼就能识出好坏美丑才有了这般文艺品。

伦敦人就似懂非懂地点了头。

后来威尔士人也点了头。法国人也点了头。意大利和西班牙人也都点了头。我所去过的东欧和北欧，非洲和拉美，全世界、满天下的人们都朝中国的脸谱艺术是种识慧艺术点了头。

天味

神脾气怪得很，总把仙好的地方放在遥偏的哪儿，而把令人烦乱的去处，交给人海和人山。二郎镇，上好的一个地方，却从重庆行程，要颠上五六小时，倘是中间没有在雾峰里吃一顿野味，你是觉得走不到的。雾乳白，野味鲜红，在那峰上缠缠绕绕，就有了诗意，觉得即便是一盆羊肉混萝卜，炖的底火也是唐诗宋词呢。所以，司机在开车爬那山峰时，嗅了饭馆的美味，对脚下的油门并未多费力气，那车就哇哇叫着冲到了美味的门口。

原来，味道也是一种力量。

吃了，诗了，养了兴致，就急急朝那仙处赶去。又深浅一段行程，有了淡淡润香的味道，清白色，绸样挤着飘进了车内，敏灵的人，鼻子动了一下，眉也跟着皱而舒展，像作制香水的调剂师，闻到了山野间有种他未曾见过的异花的香味。山是川地惯有的俊，路又是黔地惯有的险，而崖渊深处的赤水河，因为这边的陆岸归着四川，那边就归了贵州，你就无法分清哪些水属于四川的液动，哪些又属于贵州的流静了。刚才那淡淡清白的润香，就是从那河涧升上来的。河水有种湿润的香味，一年四季，亘古如此，所以这儿的人才自古酿酒。这边是千年史造的郎酒，那边是声名渐大的习酒，再往上游一程，就是闻名遐迩的茅台酒厂了。三酒盘山而酿，厂缠腰间，皆缘于古香之流的赤水。而赤水再往上游，味就寡淡起来，向着下游伸展，味也淡白淡白，所以这儿就成了酱香的金地三角。人到二郎镇，说是看镇品酒，其实都是为了闻那漫空满涧的酱香味道。先到二郎镇的对面，那儿有一偌大的观景平台，在那台上，车停了，门开了，晴天丽日中淡黄微红的香味，便就用力地朝你扑来。因为那味的热烈，因为那味道中有着年轻人的生猛力度，它猛地扑来，就差一点把你扑倒，像车在水里，到底打开车门时，水就朝你汹涌一样。不过，终于还是站稳了脚跟，顶住了味道的冲撞，立在了观景台的栏岸。有人看见了酒厂膨胀扩建的繁华，有人看见了住在二郎镇街巷世世生活的人的安然，还有人看见了河水两岸的山上，繁树茂密，绿黑浑厚，生态好极。于是，生态中有了千种万种缘着山势地理而蕴存的微生物同赤水相遇的神秘造化，也才使得此处盆态形成，酒源形成，郎酒和茅台，也在这儿蕴生形成。

就都在那观景台上议论纷纷，说千古，道时势，纵论天下酒史的文化与文明。就在这话的缝隙之间，我离开了人群，躲到了观景台的一处险静里，用手抓住崖隙的一棵荆枝，把头朝一弯风口那儿伸将过去。我看到有一股深红的味道，呈着云丝飘动的物状，正从二郎镇的方向朝我款款地飘着走来，快慢有致，味随风行，越过赤水河的上空，到了我的面前，那股味道就盘成莲花的云形，在我额门前方的天空，闲情逸致地搁着，像挂在天空的一朵硕大的粉色艳花。接下来，又从对岸郎酒厂的东端，正在勾酿美味的车间，又走来一股浩荡浩荡、带着重型甜味的养喉的水汽，也在我的面前挂了凝了。阳光是明丽中含了秋天的金黄。山野的绿翠，在阳光下有着秋时矜持稳重的美，而远处山谷间稠成团状的雾霭，又在悄然地变着各样的形物，它们都在散发着千奇的香味。味道凛冽而鲜美，有光亮闪在味道的丝上，让人目之、嗅之、触抚之。光的味道，是银白的刺香；山林的味道，是秋天黄色的烈甜；赤水河的水味，是浓烈到带着浸脑入髓的半甜半香的特有。在这特有的凛冽中，动动身子，换一个角度，站到观景台的上边或者下边，再或索性站到离河水更近的突兀在山腰的一块黑褐的悬石上，就可以从那浓烈中，辨别出山石千古的冷暖之气，天空高云的淡白之气，山林杂花间的虫鸣之气和微生物质在赤水上空神秘交汇后时隐时现的来自天籁的香味。

大约着，这儿是味道的王国。是俗世人间所有香润甜润幻变新成的集散地吧。

人被味道娇惯着，从那观景台上恋恋地离去，下山后过了一道日常的桥面，也就从贵阳跨入了四川，到了古蔺的二郎镇上。镇上的名胜，是一九三五年的毛泽东，率着红军四渡赤水，有两次在这儿渡来渡去。拾级而上的石板街，宽处不过丈余，窄处也就数尺。街岸两边的老房，皆都碎瓦野草，凡房帘的门板，却都是商铺那种排开来可以装卸的活动木板。拆下来，可以敞出商家房帘营业的门庭；合起来，又可凑成房间的板墙。因此着，当年这些门板，多都被拆下做过红军渡桥的桥板。因此着，今日各家门板上方，都显要荣光地钉着一块牌子，上书“红军过桥板”的赫然字样。街是老的，老到每间房屋都要塌的样。老街又是傲的，因为街上的这儿有过朱德的脚印，那儿曾是周恩来住过的宿房，还有一户户红军危难时部队大小指挥机关的会议场所。所以老街它也是决然不会倒的，只是老旧骄傲地立在那儿，明证着它的历史，让人观看和嗅闻着历史记忆的尘灰之气。还有久远的当年，盐商到了这儿，递去两块铜板，换来一杯郎酒，站在店前边喝边说的记忆，今天都变成一种气味散落在红军街上的各角各落。让人遥想，红军们住在这街上休息整顿，说着怎样的迷惘却又不失希望的话语。

那话语之中，一定有着人在醒醉之间所有的一股股的天然浩气。

红军走了，他们的气味就留在街上和街面的石板、门板的缝间。

从这街上走过，踩着历史的古痕，却也可以闻到那时郎酒的古香中，开始有了革命的新味，直到今天，这味道还飘在二郎镇上，渗融在郎酒的容罐容缸里。走过红军街，穿过繁闹的二郎镇，就该到那叫作“天宝洞”的神地去了。说那儿才是世间神美味道的天库窖藏，一如人间银行的金条库地，也就坐车盘山，从秋天还挂着大红花朵的一种树下走过。树擎天空，花挂红如日光碎裂。此花年年盛在深秋，散发着一股大红粉艳的草木的精味，花史岁百，可却无人知道树的名称。明明不是梧桐，却又偏要称为梧桐，也都是因为这山间花草万千，树种万千，香味万千，并不在意一味一草一植木的新贵和豪有。近了天宝洞时，先就收了所有人身上的火机、火源，说是害怕某种味道的燃烧。也就到了天宝洞前，见洞是悬卧在山半之上，洞口隐在崖间的荆灌之中，有着人为的一道石门。说这儿是味的天库，可除了满山公开的植味草香，云的清光，青石之寒味凉意，并无别的仙味。正在疑惑，洞门却缓缓开了，在石门响开的轰隆里，果真有一股暖香如日透云紫的清纯从那洞里飘了出来。外面气温走低，洞里冷暖适宜，所以那清纯并不愿意轰然走出，慢走细来，倒显出了它雍容的华贵，显出了它待人接物的分寸热情，如一个美人，只是站在她的门庭向你细细招手，并不会迎上和你拥抱一样。也就被那细味的清纯招引过去，怀着好奇，怀着对味道奢华的期冀，随那解说走进了天宝洞里。

就都愕然！

目瞪口呆。

洞是千古溶洞，高有数楼，宽若北京的长安大道，而洞深则如历史的教科书样。更为奇的，是那溶洞的顶空，天造着一道龙形的石刻，有头须目光，有身形尾摆，加之人的想象臆作，那龙形就有了神似，有了微微龙体的动摆。就在这龙体的洞顶之下，那令人震惊愕然的郎酒的巨大陶罐，每罐可有吨重的原浆液物，罐罐相依，排成队伍，如凝在广场上行走的方阵，远比兵马俑的阵势更为诱人骇人。人都被这浆罐所惊，不敢相信这是人类的窑藏，只能说这是原浆美味的一座盘古的天库。在这天库之间，谁都不敢大声言语，不敢快步行走，不敢壮直地呼吸，生怕惊了什么，不恭了什么，就都默步地走着。沉默在愕然的兴奋里，让目光和鼻息，左顾右盼地忙着忙着的。

我没有随着人群而默步。

独自被那天库的味道所招引，一入门，就看见有股清白如雪天晴气般透亮的味道在招手，也就随着那透亮的晴味，朝着洞之深处那液浆的仙味轻行着，也就率先看见和闻见这天宝洞洞口液浆的气色和味道，有着一股大地微浊的自然色。到了洞之中间，那味道便如纯白的棉絮团在一块，暖身暖心，稠密而柔软，呈出全白的纯净和丝洁。它们围着你，却又不会影响了你的走路和动作，不会梗着你的呼吸和肺动。它们都因你的到来而到来，因你的存在而存在。在那味道间，因为灯光的缘由和变故，丝洁的纯白是要靠慧眼和慧鼻才可识辨的，只要你有一颗对味道敏敬庄重的心，慧眼慧鼻也就属你了。还有靠着山壁的陶罐上的空气里，因为那味道离山壁的原石近了些，岁月让那儿的味道里有了山脉深处的石洁味，丝白里有微细微细一股青石开天后的神秘和豁然，闻上去就像人在洞狱偶然嗅到的一丝热美的阳光味。再往洞的深处去，说那大洞是恒温恒湿的，其实洞的深底里，要更暖一些儿，也更湿一些儿。那儿原浆的味道，因着这湿暖的细微之差别，就含有了透明淡淡的金液颜色了，像天水的透明中，被遥远的薄日所照亮。这味道，醇香中有着拐弯绕道的谦逊和低调，有着少女含羞的美笑与似藏似露、含苞欲放的羞容与媚态，还有朝露将欲成珠，还未成珠的相聚时对你的诱惑和媚爱，就这么沿着味道给你丝引的天路走下去，人是要在这味道中间醉了的。醉的不是肉身之生理，而是味道境界中的人的灵心和魂心。就这样，就这时，在这天库的气味中，你的大脑里划过一道雪白的影，让你看到并明白，你眼前天库中的一切，一切的味道，还都是人和天的合造之质品，而非天籁百分之百的纯净之天美。我已经知道人可以怎样走进灵醉天美的境界了。我看见那灯光下五光十色、明透的纯净里，那些味世的宇宙里，没有不久前在观景台上看到、嗅到的味道的凶猛和烈性，没有过度的刺激和凛冽，也没有庞杂味道中的轻微浊浑和乱象。这儿的一切都是温柔的，洁白素净的，纯美自然的。纯白的如高天之云，素洁的如远山花叶，而它们所表述的谦逊和温柔，又如一个年迈的学者，在大地万物之前的默然与沉静。可毕竟，这儿是人与天的合作，而非天和神们自己独有的那种最奇迹的味道呢。我知道了通向天味神气的道路在哪里。我已经看见了在天宝洞的半空里，悬挂着一道天味的神梯。我只要走到那味道的神梯旁，做几次深呼吸，把我凡心的过度欲望收起来，就可以爬上那神梯，走向纯粹天味的神坛，去感受和呼吸那纯粹天味的绝妙和神奇。

我开始朝着那纯粹天味的神梯走过去。

可这时，那些被我抛留在身后的人，却用粗粝与浑浊的声音唤着我，让我不要朝洞的里边高处去，要我赶快离开天宝洞，说大家要下山回去晚饭了，要去品味美酒了。

——“喂，老阎你快回来！要回去喝酒了！”

| 辑四 |

走自己的路，过自己的生活

人民大学的胡辣汤

记得某本书中写到苏联作家被流放到古拉格的冰天雪地时，因为饥寒交迫，对食与暖的渴望，犹如谁都不愿自己的指甲生生地被从手上揭去样，于是在一个漆黑的夜晚，劳作行走，看见了远处的一点灯光；由那灯光，进而想到了面包的香味。于是，脚步加快了，人就滑倒了。这一倒，作家再也没从雪地爬起来，但他在死的时候，心头却是飘着面包浓烈的香味。

杨绛先生在她的《干校六记》中，写到她与钱锺书在河南驻马店的农场劳动改造时，于极度饥饿间，意外得到了一块烤红薯。由于这块烤红薯，丑陋、残酷的世界，所以就变得美好而温暖，“改造的日子也像过年了”。

还有一些作家的书，写到了灾难中的人吃人。这一吃，如稿子把钢笔吃掉了，豆秸把豆粒烧尽了，而荆草，则把生孕它的田地活活吞进了它的叶脉里。

很久以来，我内心总是有一种写作上的压迫感和饥饿感。因为对文学的渴求和饥饿，心就颓废到每天都想骂骂人。可又因为自己窝囊而怯弱，真要在大街上遇到一个带刺的人，不要说以牙还牙、横眉冷对了，就是人家狠狠瞪我一眼睛，我也一定并只能对人家点点头，然后微笑着说声“你好”后，再缓缓拔腿，脚步急快地从那冷眼中跑出去。

全身而退——明明是懦夫的怯根，可在很长时间里，却会成为我的理想，并在为实现这种理想而努力。为多少实现了这种理想而庆幸。可是回到家，又因为内心的怨怼无处发泄和流疏，就会对妻子和儿子发火或找事，无端地瞪眼、拍桌和摔东西。直到有一天，妻子终于说：“你不写作我们家不是过得很好嘛！”儿子对我说：“爸，你没事了就去找你的朋友喝酒聊聊天。”

我听出那话的直言曲意了。

听到了弦外之音在我耳边的轰鸣声。

终于开始在家里变得温和而忍耐，平静而勤快。没事了就到楼下街边站一站；再没事就立在三环路的立交桥上查数儿，看上班高峰时，每分钟三环的单向可以流过多少车。直到极度无聊了，就沿着三环的辅路走，步行四十分钟到人民大学的校园里，这儿转转，那儿看看，和这个无来由地点点头，和那个无来由地站在路边说上一堆话，然后就在这学期写作班开学的第三天，到校园南侧的集天食堂边，看到一条横幅和一张广告说，这食堂新增卖河南胡辣汤——因为一个叫王孟楠的厨师小伙子，把河南他周口老家的胡辣汤带到公司进行菜品厨艺大赛时，名至实归获得第一名。因为这个第一名，他追求的姑娘欣然答应嫁给他——因为姑娘同意嫁他和那个第一名，他的家里出资三万元，要请在北京的河南人和人民大学所有的师生都免费一个月到集天食堂去喝胡辣汤。

是百无聊赖把我带到了那个食堂去。

百无聊赖让我在一片惊异的目光中，也排队要了一碗免费胡辣汤。到几排桌子最靠后的墙角上，坐下来看着那碗酱红、透明、辛辣和肉香混在一起的味重味鲜的胡辣汤，我想到的不仅我是河南人，全家人都爱这异味美食胡辣汤，还竟就莫名其妙地溅情着，想到了如果当年古拉格的群岛上，没有粗面包和干劈柴，却有这辣热味重的胡辣汤，那古拉格的情况会是怎样呢？杨绛和钱锺书，及成百上千的被赶到河南驻马店干校的学者、作家、艺术家，能在那个年代的“牛棚”里喝一碗这样的胡辣汤，那杨绛又会在《干校六记》中怎么写下她对河南和河南人的印记以及她最为淡泊有力的散文呢？

实在是一种溅浮的思想和自作多情的忧忖及联想，连喝一碗胡辣汤也要这样那样的历史与现实，难道你的写作真的走进了一条死胡同？难道世界的光明没有照到你的书房吗？难道一碗胡辣汤和一对恋人的故事就不是文学美味的材料和绿植？难道这个丰富、杂乱、善恶同举、谎言与真实同在并同样深刻的现实世界，在你的眼里只是简单和被你的简单、简化去的筛选和清理吗？

胡辣汤是胡人入宋时被带入中原的，现在连历史中的草原胡地都没有这碗深红、酱黄的辛香异味了。它成了中原食文化的一部分。这不知是河南人改造、留存了胡人的胡辣汤，还是胡辣汤滋养、延生了那些酷爱胡辣汤的河南人。在我们的现实与历史里，不知是历史永远是现实的一部分，还是现实永远、全部都是历史的重演与再现，才导致我们见天在现实面前其实永远是在历史里。

回到当下我们的文学中，到底是作家应该塑造现实呢，还是现实应该塑造作家呢？再回到自己的写作上，才尽、“瓶颈”、阻塞，一切写作的顺利与不顺，是不是都源于自己太易把胡辣汤和人类的灾难联系在一起？如我们总爱把北宋、南宋称为宋，也因此就追根溯源把杭州和胡人嫁接在一起，就像吃一瓣橘子就一定要想到桃的味道样。

一碗免费的胡辣汤、两个不免费的肉夹馍和两份没有便宜可占的河南水煎包，吃不完的提在手里回家去。到家里，我三岁的孙女抱着我，用一句“美的不可能”的文学真谛把我所有关于文学的结节打开了。她说道：

“爷爷，我爱你。咱俩结婚吧。”

多么美，多么不可能！原来文学所有的来路和去处，都如从胡地到汉群里异变后的胡辣汤；而所有文学的美，就在它的不可能！

北京堵趣

面包是如何发起来的，北京就是如何膨胀起来的。一棵杂树的枝丫是怎样奓开在四月的天空，地铁就是怎样在不见日月之中奓开在了北京的地下。初春的柳林里，有多少粉白的飘絮和絮球的滚动，北京的天地间，就有多少人的飘浮和絮球样堆挤的塞堵。

长城、故宫、颐和园，那显赫的名声，早就让位于北京今日的拥堵了。一位来自纽约的客人，在北京待了一周，瘦了三斤。我问他是中国的饮食不够好吗？他说是北京的公交和地铁人口太多，每次坐车都会给他挤瘦半斤。有位来自日本东京的朋友，在北京住了半月，又重了六斤，简直就是一声砰然的巨响，他就乍着胖将起来了。问他都吃些什么，他道：我只喝水。问说水能让人胖吗，他说北京太拥、太堵，无法出门，也不敢出门，于是每天只是坐在家里，闲吃闲喝，没料到北京的水又天下第一黏稠，含物丰富，我就轰隆一声，胖了起来。

让人哑然。

想起几年前北京突降大雪，所有的汽车全都就地窝趴下来，整整十几个小时，京城的路道成了天下人的停车场，那些智慧聪明的人，这时不急不躁，他们熄火锁车，悄然而去，及早寻着宾馆住了；再或步行回家，坐在沙发上，从电视上看那雪堵海塞而仰天长笑。至来日稍稍松疏，再到原处路上把车开走。今年“十一”长假，游长城的人，每位都一次性地看够了天下最多最多的屁股和脑勺；游故宫的人，都看见一片一片相连相接的黑色人头，如乡村麦场上堆着摊开的黑豆，倒也匀称密集。有一辆去往颐和园的公共汽车，走着走着，熄火停了下来，造成了长龙巨堵，待警察从人缝和别人的胳肢窝挤着赶来，问那公交司机，为什么熄火停车，司机说拉得太重太多，发动机力不从心。警察隔着窗玻璃看看车上，并不见车上有着一位乘客，却都装着大大小小、各式各样的照样机的镜头盖儿。又问货是从哪儿来的，运往哪儿，司机说，都是这几天游客丢在长城和故宫的镜头盖儿，他这是运的第三车了，为了环保，要运往颐和园后边的山间烧掉埋去。

让人愕然。

真的让人愕然！

我有一个朋友，聪明过人，智慧如圣。为了逃避人流拥堵，十年前在北京面亲访友，他都开始选择日期时段，一般不在假日和上下班的峰间出门。五年之前，奥运会开过之后，当拥堵在北京已经不分高峰低峰时，他又改为事无巨细，全都夜间出行，绝不在白天出门搭车。可是今年，他有几次出差故意搭乘深夜航班，希望可以顺利地从家赶往机场，结果，又都堵在北京的四环、五环去往机场的路上。其中一次，从深夜十二点，一直堵到凌晨两点。误了飞机，倒不急了，就下来和疏堵的警察聊天，问警察为什么深夜堵车。警察答道，这些都是算好深夜十二点绝不堵车的人流车流。

比如电话

在北京，谁说谁有隐私，等同于说他的私藏里有一件明清时期的皇帝龙袍——虽说法律中有那三个汉字：“隐私权”，可那也就是专售假货的小店门前的大字招牌而已。

比如电话。

对于广众而言，没有人可以保证他或她的电话号码不被他人无端泄去，仿若雨天流水，绝不会在缮修的渠道里遵从淌流。大至买房买车，小至在银行存取五元、十元，任何以对你服务为营利的门庭，都有权力索要、登记你的电话号码和身份证件。如此这般，三朝五日间，你的电话号码、身份证编码，也就不翼而飞到天下的角角落落。从此以后，莫名的推销电话，不分时间、地点地打进你家座机或者你的手机；各种短信广告，比如卖房的，也就在你的手机上雨后春笋。经验告诉人们，接电话时对方态度好到温文尔雅，让你心情豁然开朗的，那八成都是推销员和骗子。在电话上，态度稍显随意粗糙的，尤其普通话欠佳，还带着一口半嘴的方言，又多半都是你的亲友或者可以完全放心的亲人的电话了。

我有一对忘年朋友，新婚燕尔，相思相爱，因为男的手机上几乎每天都出现一到两则介绍“娱乐城”的短信广告，于是夫妇猜忌争吵，结婚半年，便就怅然分手，各奔了他思她爱。有趣的是，女方刚刚再婚，她的手机上却也常常出现前夫手机上的类似广告，为此她丈夫，继续每天吵得不亦乐乎。

简直就是小说。

其实，北京人早时日日都说，生活好了好了，让我们朝朝暮暮，都生活在段子之中。现在不再说了。现在常说：手机最常响的，都是有头有脸的傻子！话是狠毒，却也包含实在。我楼下窗口，有一收废纸垃圾的闲客，湖北人，年轻，有趣，每天都在楼角等着旧报新事，因着终日闲散，要打发时光，就时时接听手机，翻看短信，也甚忙甚忙，常常让我写作不安。终有一日，我去问他怎么会那么忙，有那么多的电话短信。他笑着告诉我说，来电话的都是售公寓楼房的推销小姐，发短信的都是卖假发票和假保险的广告。他告诉我说，他在电话上最爱和推销别墅的小姐热情近乎，问她们平方价格、地址坐向；短信都是小姐发的，有的还是自己推销自己的小姐，彼此言来语去，也是一种人生娱乐。

我说不无聊吗?

他说不，日子丰富。

我说不怕浪费电话费吗?

他一乐：也就几斤垃圾钱吧。

我哑然失笑。想人无隐私，原来也是一种人生趣乐。比如电话。如此如此，倒也为好，怕的是你没隐私，人家却有；你不知道人家电话，人家却知你的电话；你怕接人家电话短信，可那在很多人家，给你电话短信，却是一种就业，一种职业的成就。

小广告

雪花飘飘是什么样儿，北京街头的小广告就是什么样儿。

路边的树上、线杆上，电话亭的玻璃上和十字路口的配电设备上，凡是人多处的物体上，无不贴满了白的、红的、黄的各色各式为推销赚钱而布满天下的经济小广告（忽如一夜春风来，千树万树梨花开），广告上不是写着“租房”，就是写着售卖各种证件、毕业学历和帮你篆刻各种公章的公司名称和电话。任何一处的过街天桥栏杆上，小广告都层层叠叠，花开遍地，别有一番景色在上头；车站和地铁口的地面上，你一脚踏下去，最少能踩出三个公司或五个小工厂；公共汽车站的站牌柱子上，旅客等车的椅背上，无不是这种层出不穷的小广告欢庆的舞台和旗杆。有人的地方就有这种雪花飘飘的小广告，可没人的地方又都不在北京城。偌大的京都就这样被小小的纸片广告吞没了，成了小广告的海洋和“小广经济”的中心了。

为了让都城的繁世绝景从小广告中挣出来，北京是下了大力的。你走在北京的街头上，碰不到贴广告的人，可铲洗广告员和将那铲不掉的就用漆色涂抹覆盖的人，倒是随处可见着。这是一场游击战和持久战，铲除广告的人到来时，贴广告的也就隐去了；铲除广告的走去了，贴广告的也就到来了。为了击败那些贴广告的人，铲广告的人是想了很多办法的。比如说，在最易被贴满广告的墙上贴了广告，刷下标语说：“谁再在这儿贴广告谁是王八蛋！”“谁贴广告我 × 谁的妈！”比如说，在铲了又贴、贴了又铲，你昼白去铲，他夜黑去贴的路边墙壁上、物体上，涂上厚厚一层污机油，让贴广告的胶水粘不上，而只有灰尘和草叶可以粘上去，至于行人的肩膀和衣服，靠上、擦上油污那就不去管它了。

战争总是要有牺牲的，不做出一些无辜的牺牲何谈战争哦。

如此着，这场在北京街头贴广告和铲广告的游击战、拉锯战，一持久就持久到了十几年，贴的仍在前边贴，铲的仍在后边铲；白白明明铲洗洁净了，来日早上就又有千树万树的繁花广告开在街头的各处间。那贴的，多劳多得，贴多少就挣公司多少钱；那铲的，也是铲多挣多，铲少挣少，把铲下的广告整齐地码成纸柱子，回去估估与算算，挣回自己的一份辛劳钱。有一天，我在一过街天桥上碰到一对铲的和贴的，他们素不相识，宿敌相遇，彼此在桥上借火抽烟聊天后，铲的又铲着东去了，贴的又贴着西去了，仿佛同学、朋友在街头相遇般，于是就追上一个问究竟，才知道他们都如我一样，来自乡村，都是进城艰辛的农民工，都知人生之不易，说没人去贴，哪有铲的工作呢；没人去铲，又哪有贴的工作呢。原来他们不是宿敌，而是命运相依的兄弟。

说得那么苦酸与温暖，也深奥到让我哑口而无言。

既然十几年前就已经千树万树梨花开，那就让它今后朝朝暮暮、年年月月开着吧。

出租车司机

一个城市的繁华喧嚣程度，大可以用出租车的数量来衡定。

听说在北京的街面上，每天都奔跑着八万辆的出租汽车（不含无照黑租），如同一个城市每天都被打包装在出租车上一样。那八万个出租车的司机，并不是八万个普通的庸常人，他们是八万个移动的远程喇叭和口才上佳的社会传声筒与义务宣传员。

全世界都在惊叹北京出租车司机的口才好。惊叹他们上至天文地理，下至皇宫街巷的无所不知之博览。当然，你坐上那棕黄兼白的出租后，他们最爱给你说的还是和生活中的鸡蛋、韭菜、炸酱面大相径庭，却又在他们看来，完全就是日常餐桌上的萝卜白菜——平常而又不可少缺的大事。谈论这些闻与事，就如同谈论他们亲戚家族中的小舅子，如同谈论胡同四合院厅堂间摆的桌子和椅子。

不关心大事情，那是不配做北京的出租司机的。

我之所以爱坐出租车，也多少因为爱听他们那带有几分夸耀的广播和宣传，如果哪次坐上出租没有听到司机山高水长地和我聊，我就会以为这趟出租白坐了。白白花了我几十元的钱。尤其去机场或从机场回家来，出租费每次上百元，那是一定要从他们嘴里买些趣闻逸事或灰暗私藏的。然而，前天日降后，我从机场返回家里时，那个三十几岁、身材微胖的司机却一反常态，无论如何都不肯和我多说一句话。从我上车到将至家门口，一个多小时的车程无论我问什么，他都是点头或摇头，一定要开口说话时，才会说出三个字："不知道。"

这让我有些意外了。

让我失望了。

让我千真万确地以为我花百元坐的出租是去听繁华闹戏然而却进了哑剧场。搭乘着这辆哑然的出租，出机场，过五环，到四环，再从四环路随着蚂蚁搬家的车队走上三环路，就在我因为听不到阔谈的声息而失望到疲劳睡着时，出租车司机把我摇醒了。他告诉我已经到家了，并问我说你知道我今天为何不爱说话吗，我怔怔地提着行李下了车，站在车边望着他，望着那张丰润圆胖的脸和荡着红亮的唇，等他停顿一会儿，又朝我笑一笑，才说他老婆晚婚晚育终于住进妇产医院快要生产了，他昨夜睡觉做了一个梦，梦里说他今天跑车如果一天只说十句话，他的儿子可能是皇帝（金口玉言）；如果说上五十句，就要降为宰相、总理、部长这一级（臣见晋言）；如果说话超过了一百句，也就是司长、局长了。他告诉我这些时，脸上有些憋不住的神秘和失落，如明明可以考得更好可却只差半分没有考到最好的学生样。

“你今天一共说了多少话？”我问他。

“最少上千句。”他笑笑对我说，可话后又自己从车窗探出头来解释道，说他今天一天跑车忘了昨夜的梦，是见了我才重又想起来。说他拉着我一路都在回忆和估算他今天一共说了多少话，话的内容是什么。说他一整天话是说多了；说根据他今天说话的多少和内容看，他家将出生的儿子不是总理、部长、司长和厅局长，而是一个国家新闻办公室的发言人或中央电视台新闻节目的主持人。

司机说完又朝我笑一笑，就又开车走进了人的汪洋群海里。

我便回家了。天也暗黑到大亮的路灯如同盲人的眼。

看病

贸然决定不找任何关系就去医院看病，犹如一个人独自决断要贸然进行一次疾愈旅行，似乎周身的烦恼和疾患，通过一趟旅行就可疗愈样。

我便去了。

是在北京北二环的积水潭医院，那儿骨科的著名如莫言获了诺奖。那时我家住在北五环之外，约有二十公里，早上五点半钟起床，担心需要化验，除了洗脸刷牙，粒米不进，口饭不入，打车七点钟赶到医院，终于花两百元钱，排队挂上了一个专家号码。实在幸运。幸运到如考生一分不多、一分不少地被北大或清华录取一样。这位专家，每天上午只看十二个病号，而我，就刚好挂了个十二号。

医院八点钟上班。五十余岁、单瘦精神的骨科专家没有迟到多少，八点十分时开门坐诊，先是一号、二号进去，三号、四号在外做好准备。继而又有病号进去，但却不是三号、四号，而是在门口刚刚走来，不知对谁说句“我进去有点事儿”的中年男人。人们知道他是加塞，又都理解专家自有他的难处，既然已经知名，既然已经是专家，谁能没有个关系网络。我们诚实地挂号排队，那是我们没有能耐找关系，何况加塞的人进去时间也没占去太久，无非就是除却仔细询病就诊外，多聊了几句闲言，喝了半杯茶水。接着三号也就进去，很快也就出来。另外一个加塞的青年进去了，迟迟缓缓之后，也就该着等到头上冒汗的四号。

原来加塞看病者也都很守规矩，都是依着和医生的约时赶来，门口稍等一会儿，被一个护士招手进去，接着是一个本分诚实的挂号病人；再是一个加塞预约的关系病人。一替一换，相隔相错，从不紊乱。为了不得罪专家，大家都宽厚容忍，不提意见，不说三道四，耐心到能够坐塌门口的椅子凳子。而我，反正不是大病要病，只是膝盖疼痛，上楼梯时会忽然疼来，想要跌倒，但只要能及时抓住楼梯栏杆，也是不会倒的。相比前边那些轮椅和拄拐的老人，我是万也没有急的理由。

就等着，和所有的病号在夏天医院的走廊赛着耐心和对人流异味的抗力。我相信，终会轮到我的。也就轮到我了。十一点半时，十一号准时进去，之后是一个预约的加塞病人。接下轮到我了，护士出来告诉我说，十二点多了，专家要下班吃饭。我便愤然，言之凿凿，有理有据，那护士专家，也是软的，也是讲理，就又给我看病，让我进去，问了病情，问了病史，还又问我家有没有什么遗传病症。待我一一做了回答，专家拿起一个橡胶小锤，在我的双膝上各敲三下，看我的小腿都可以神经性地猛然上弹，也就对我很肯定地说道：

“没事，走吧。”

我说：“为什么走路和上楼梯时会猛然疼痛？”

专家说：“人到中年，谁走路不疼？”

我说：“不做进一步检查治疗？”

专家说：“没事多晒晒太阳，不花钱，又补钙。”

专家就收拾着东西准备下班去了。我的一趟疾愈旅行也就结束了，宛若一个人肚子胀了气，专家说你多放几个响屁就好了。我无言。无言到大唤时静夜都要吞没你的声音样。现在，几年之后，上楼梯不用担心会突然倒下了，因为不扶楼梯已经很难上去了。

北漂

几天之前，我家来一青年作家，“八零”初人，刚刚三十，单瘦，刚毅，穿牛仔露膝裤，背帆布多袋包。因是经人介绍相识，初次登门拜访，彼此开始说话拘谨，最后豁然放开，如缓水细流，渐成湖泊，待堤裂闸开，便水流滚滚，滔滔荡荡。

我们先是这样谈话：

“你坐……你坐……喝水！”

“阎老师，您别客气。”他坐下来望着我家说。

我问他：“你的笔名我知道，可真名……贵姓？”

他答道：“免贵……北漂。”

我又问：“住哪儿？”

他笑笑："游击。知道我昨晚住哪儿，不知今晚会住哪儿。"

"你写北漂生活的小说我看了，写得很好啊。"

"写得好我已经知道了。我不知道的是为什么写得好还没人愿意出版或发表，没人敢出版和发表。"

他这样问着看着我，目光中不是不解和疑问，而是质疑和逼视。然后他说我可以不叫你老师吗，我叫你老阎好不好，老阎啊，我今天来不是向你讨教文学的，我是想和你讨论北漂的——说北漂，好像谁都知道是指我们这些到北京长留求业的人，无所谓褒，也无所谓贬，这中间的成功者如明星、歌星、导演和财产论亿的巨贾富商们，漂泊者如以桥下为家的讨人和合租群居的打工者——可是老阎啊，阎大哥，你能说你不是北漂吗？别以为你在北京有了户籍有了房，有了北京人不一样的身份证上的号，可你能说你是北京的主人吗？阎大哥，阎连科，你说我说的是不是？是主人你能主什么？不是主人你怎么又不是北漂呢？

阎大哥，阎连科，你听说过土地的主人不能在他庄稼地里种庄稼的事情吗？不能种庄稼，那他还是土地的主人吗？

我问你阎连科，阎大哥，你说一个家庭如果有父母、爷奶、子女一班人，谁能说父母、爷奶和子女哪个不是这家庭的成员呢？谁不是这家的一个主人呢？这不是因为他们都有血缘关系，共同拥有财产和债务，而是他们共同拥有一份情感和温暖。一个人生病了大家都会着急和痛苦，病好了大家都会高兴和欢乐。可我说阎连科，阎大哥，你如果不是北漂而是北京人，是北京城的主人一分子，那么你有了灾难了，除了你家，北京的谁还会为你着急呢？你有了喜事了，北京的谁会为你高兴，把你的喜事当成一件事？没有这份温暖和情感，你就不是这大家庭的一分子。不是一分子，你就是过客和外省人，就是北漂一族一分子。

……

送青年作家离开我家时，我问他说，那谁不是北漂一族呢？

青年作家站在我家楼梯口，很认真地对我说："告诉你吧阎连科，你别以为满城市、满大街的北京人，都是北漂一族的人——可他们中间一定有不是北漂的，一定有北京的主人在里边。"

把青年作家送走后，我就从楼下漂（飘）着回到家里了。漂（飘）着再也无法坐下了。

楼道繁华

发现楼道是向着实在繁华进取时，我有些惊异我的发现和暗窃窃的笑。楼共六层，我家住五层。十年来的进进出出，把我从准青年拖到了正中午。人在眨眼间钙化老去时，原来那幢风光向好、南北通透、人见人爱的家属楼，也显出陈旧衰相了。起初，家家门前整洁齐毕的过道，不知从何时多都成了人们的杂物间。起初，楼梯上日日的帚过水洗、亮如容镜，现在，几乎每层、每天都有烟头和宠物的尿水了。岁月酷烈，楼道美貌的失去，一如少女在岁月中的高速衰败。三、四、五楼楼梯拐弯处的空当，永远都堆着各户归己码放的礼品盒，纸的、木的、金属铁皮的。有的是水果的包装，有的是电器的外箱，还有的是制作精美豪华的箱盒与架木。这儿堆不下时，人们就堆到自家门前边。无论谁人，从这楼道走过去，就像走过整洁美貌的垃圾场，虽然拥堵，却也是有意无意的一种摆设和装饰。因为，有一户的门前，堆的多是茅台酒箱和冬虫夏草的纸箱子；而另一户的门前边，常是一些茶叶盒与烟箱子；还有一户出版社编辑的门前边，又常是一些旧报和杂志。这门前的摆放，其实也正是各户人家私密外泄的窗口和展台。

还有一户年轻人，原是住着父房在这儿成婚的。他家门前的变化，与时俱进，是一段妙绝实在的社会发展史。那小伙是一般职员时，他家门前的锃光发亮、洁净如洗，宛若他新妻纯净的脸。后来他做股长了，那门前常会有些装大葱和铁棍山药的纸盒子。再后来，他继续升职了，那门前就常堆一些新加坡和台湾地区水果的纸箱子。又后来，那门前就和别家一样堆满了五粮液的纸箱和荣装过虫草、鹿茸以及一些别的高档礼品的盒子。

还发现，楼下一家老人退休了，门前原来的繁华箱盒变得冷清而寂寥，有几次那老人上楼梯时就顺手把别家门前堆的茅台的箱盒提到自家门前堆在空地上，像摘来了许多钻石镶在了自家门前般。总之说，楼道里早就不再新容整洁、山清水秀了。然而，虽年年月月都堆放着各种纸箱废物，却也是这楼道发展向上、欣欣向荣的写照和篇章。至于大家出门进门、上楼下楼那拥堵落脚的不便，也是发展中必须付出的代价和牺牲。

我家门前总是没什么可摆，其冷清空落一如洁净的不毛之地。

因此，对面人家就不断因地制宜，把从他家腾空的礼品箱盒堆到我家门前边。妻子为此苦恼抱怨，常骂这楼道住户的公共素质差，又期盼也可以从我家每隔几天就清理出一批礼箱礼盒把他们占据的楼道失地收回来。只可惜，她的这种愿望如渴望自己中年的岁龄回到青年样。期望一个小说家的门前物华丰满，正如期望堆满鹅卵石的空谷长出灵芝来。

图书在版编目（CIP）数据

生命于我，就是笑着等待 / 阎连科著. -- 南京：江苏凤凰文艺出版社，2021.1

ISBN 978-7-5594-3615-3
Ⅰ. ①生… Ⅱ. ①阎… Ⅲ. ①散文集 - 中国 - 当代
Ⅳ. ①I267

中国版本图书馆CIP数据核字(2020)第258604号

生命于我，就是笑着等待

阎连科 著

责任编辑　王　青　张　倩

特约编辑　杨智敏

封面设计　肖　雯

出版发行　江苏凤凰文艺出版社

南京市中央路 165 号，邮编：210009

网　　址　http://www.jswenyi.com

印　　刷　三河市冀华印务有限公司

开　　本　880mm × 1230mm　1/32

印　　张　6

字　　数　129千字

版　　次　2021 年 1 月第 1 版

印　　次　2021 年 1 月第 1 次印刷

书　　号　ISBN 978-7-5594-3615-3

定　　价　42.00 元